SUPLÍCAME

JESSA JAMES

Suplícame: Copyright © 2018 Por KSA Publishing
ISBN: **978-1-7959-0306-6**

Todos los derechos reservados. Ninguna parte de este libro puede ser reproducida o transmitida en ninguna forma o por ningún medio electrónico, digital o mecánico incluyendo, pero no limitado a fotocopias, grabaciones, escaneos o cualquier tipo de almacenamiento de datos y sistema de recuperación sin el permiso expreso y escrito de la autora.

Publicado por Jessa James
James, Jessa
Suplícame
Diseño de portada copyright 2018 por KSA Publishing
Imágenes/Crédito de la foto: Deposit Photos: konradbak

HOJA INFORMATIVA

FORMA PARTE DE MI LISTA DE ENVÍO PARA SER DE LOS PRIMEROS EN SABER SOBRE NUEVAS ENTREGAS, LIBROS GRATUITOS, PRECIOS ESPECIALES, Y OTROS REGALOS DE NUESTROS AUTORES.

http://ksapublishers.com/s/c4

CAPÍTULO 1

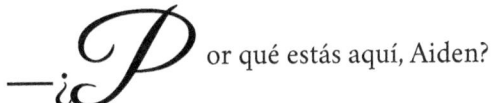 or qué estás aquí, Aiden?

Esta es la cabaña de nuestra familia, donde compartimos recuerdos con mamá y papá, no un lugar para concretar negocios —preguntó ella en la puerta, lista para irse a nadar. Su hermanastro le dio una mirada de regaño mientras camionaba y entraba al vestíbulo de la multimillonaria cabaña.

—No quiero tener que decírtelo de nuevo, Reagan. Sabes muy bien por qué estamos aquí. Este es el mayor trato de mi maldita vida, de nuestras vidas, y tenemos que cerrarlo. Vas a cumplir con tu parte... ¡sin preguntas! ¿Comprendes?

Sus ojos miraron hacia el suelo para evitar el contacto con la mirada enojada de él. Odiaba ser un peón en los negocios de su hermano, odiaba ser usada como un bien, pero al final, siempre lo aceptaba. Entró en la habitación que tenía ventanas desde el piso hasta el techo y miró hacia el impactante lago que había más abajo.

Reagan Kade, normalmente, no practicaba la lujuria con los socios de negocios de su hermano, aunque él suponía que los hombres estaban tan excitados y distraídos con ella que los convencería más fácilmente para firmar sociedades. Era un trato que había comenzado hacía solo un año.

"Regla número uno: siempre obtén el mejor provecho de tus bienes, Reagan", diría su hermano. "Sus bienes" eran su aspecto y su cuerpo, que se destacaban particularmente. Reagan tenía curvas lujuriosas y grandes senos, que siempre atraían la atención de hombres y mujeres, y podría pasar como una modelo de pasarela gracias a su extrema belleza. Cuando los socios de su hermano quedaban hipnotizados ante sus tetas alegres, siempre perdían la concentración en todo lo relativo al negocio. Al principio, no había sido así. Aiden siempre le pedía a Reagan que estuviera presente durante las reuniones, hasta que ella se cansó y manifestó su descontento, diciéndole que no sería más su juguete. Una noche, él la sentó y le dio un ultimátum: o ella servía como distracción o estaría fuera del negocio familiar que él controlaba. Para Reagan fue una decisión fácil, en definitiva no estaría lastimando a nadie y no había necesidad de contacto físico. Desafortunadamente, no tuvo opción.

Sin embargo, este fin de semana era diferente. Ambos normalmente se quedaban en la mansión de la familia en La Jolla, California, pero cuando Aiden le dijo a Reagan que viajarían al lago Tahoe para alojarse en la cabaña de la familia, ella comenzó a sospechar. La cabaña no era un sitio para negociaciones, solo era un lugar de recuerdos y anécdotas familiares. Lucas Ferris se quedaría con ellos durante el fin de semana para hablar de negocios, así que Reagan tendría que actuar como anfitriona.

Una vez allí, su hermano Aiden hizo un gran alboroto por sus ropas y eligió las que ella usaría durante el fin de semana, algo que era completamente fuera de lo común. Sin embargo, Reagan no discutió.

Cuando su madre, Carey, se volvió a casar, ella solo tenía diez años y amaba a su nueva familia, especialmente a Aiden, su hermano doce años mayor. Aiden y su nuevo padrastro, Sean, siempre la habían tratado como si fueran de la misma sangre, desde el comienzo. Carey y Sean fallecieron hacía dieciocho meses en un accidente automovilístico. Reagan quedó destruida y aterrorizada. Ya había perdido a su padre biológico cuando era una bebé, y ahora solo tenía a su hermanastro mayor para cuidarla. No obstante, eso no sería un problema ya que Aiden había heredado la compañía multimillonaria de desarrollo de tierras. El mayor miedo de Reagan era estar sola, sin familia, y le juró a Dios que eso no sucedería.

El señor Ferris no era como los otros hombres de negocios que su hermano usualmente invitaba a la casa. Sus socios de negocios, por lo general, eran mayores, gordos y estaban listos para desplomarse o, al menos, ya tenían un pie en la tumba, pero Ferris no parecía mayor de treinta años. De acuerdo, quizás treinta y cinco. Reagan lo había visto un par de veces en su hogar en California; estaba muy en forma, era musculoso y tenía el cabello negro lo suficientemente largo como para poder delizar las manos. Mediría, al menos, un metro noventa y tenía un aspecto perfecto para el sexo. "Apuesto" no alcanzaba para describir su apariencia, con ese bronceado profundo y esos ojos ardientes que eran orbes de un azul oscuro.

Reagan se percató de que era extraño; él no parecía estar ahí por negocios, además, ¿quién demonios traía un guardaespaldas? —Dios mío, el tipo parado afuera parecía un gorila enorme—. Ella había estado observando al señor Ferris desde que habían llegado y ni él ni su hermano habían hablado sobre negocios ni habían visto ni un solo papel. Después de pensarlo en eso, solo se encogió de hombros.

El hermoso día se convirtió en noche y Reagan notó que el señor Ferris también había estado observándola. Algunas veces, parecía que él la estaba devorando con sus ojos y ella no podía evitar notarlo. Cuando se volteó a mirarlo nuevamente, notó que él no hizo ningún esfuerzo para esconder su mirada que estaba puesta en cada centímetro de ella. Una sonrisa diabólica apareció en sus labios y él inclinó su cabeza un poco. Reagan lo encontró halagador, pero al mismo tiempo extraño y perturbador.

Después de una cena tardía, pasaron al salón familiar, y su hermano y el señor Ferris se sentaron y comenzaron a conversar, mientras Reagan les servía otra ronda de bebidas detrás del bar. Sus ojos miraban frecuentemente a los dos hombres, pretendiendo estar en su juego, pero ella estaba totalmente exhausta y solo quería irse a la cama. Después de alcanzar los tragos a los dos hombres, regresó al bar para admirar el físico del señor Ferris mientras se levantaba y se estiraba. Sus ojos fueron a sus amplios hombros, y luego a su cuello, posteriormente fueron a su cara, y se asombró al ver la intensidad en sus ojos mientras le devolvía la mirada. Él lucía como un animal listo para atacar a su presa y, un segundo después, la inquietante mirada desapareció como si no hubiera existido y fue reemplazada por una sonrisa genuina que hizo que el corazón de Reagan se acelerara y ella comenzara a sentirse muy incómoda.

Reagan se volteó en su asiento para evitar el contacto. ¿Qué diablos le sucedía? Estaba acostumbrada a que los hombres la miraran, pero esa mirada... la mirada de Lucas era diferente. Era casi depredadora y eso la asustaba porque seguía siendo virgen y acababa de cumplir diecinueve la semana pasada. No estaba muy acostumbrada a las emociones sexuales. Si bien había salido con varios chicos en la universidad, sabía que la querían por su dinero o por su cuerpo, y no iba a entregar su maldita virginidad a un chico de fraternidad que no tenía idea lo que hacía. ¡No! Estaba guardándose para el hombre adecuado. Un hombre que la deseara realmente y nada más. Quería que su primera vez fuera mágica y una noche para recordar por el resto de su vida. No era mucho pedir, pensaba.

Unos minutos pasaron y Reagan se volteó para mirar a su hermano y se le escapó un bostezo, sin poder evitar disculparse mientras los dos la miraban.

—Ha sido un largo día, hermana. Ve a la cama y te veremos por la mañana —dijo Aiden con una sonrisa.

—¿Estás seguro? —preguntó Reagan elevando una ceja y levantándose de su asiento. Advirtió que Lucas se levantó.

—Aiden tiene razón. Ve a descansar mientras nosotros seguimos conversando. Mañana será otro día —dijo el señor Ferris mientras le lanzaba un guiño. Reagan comenzó a subir por la larga escalera de cedro y se detuvo haciendo un giro.

—Buenas noches. Los veré en la mañana para el desayuno —dijo sonriendo. Mientras caminaba, escuchó que el señor Ferris dijo "duerme bien".

Cuando terminó de subir las escaleras, caminó por el pasillo hasta su habitación, cerró la puerta y se quitó la ropa, quedándose solo con una camiseta y en bragas. Después de pasar todo el día nadando y al sol, estaba totalmente exhausta. Solo dos días más y eso terminaría, pensó. Se metió en la cama, se cubrió hasta la cintura con la sábana y se durmió profundamente.

CAPÍTULO 2

*L*ucas avanzó por las escaleras a las dos y media de la madrugada y caminó por el pasillo con un pequeño morral en su hombro izquierdo. Cuando llegó a la habitación de Reagan, él giró hacia su guardaespaldas.

—Nadie entra —le susurró.

—Sí, señor —dijo Frankie y asintió a su empleador.

Lucas abrió silenciosamente la puerta de la habitación de Reagan y entró cerrándola sigilosamente detrás de él. Sus ojos miraban a su alrededor mientras la luz de la luna que entraba por la ventana le daba la luz suficiente para ver y moverse con libertad. Caminó hasta el borde de la cama mientras la tenue luz iluminaba la hermosa figura de Reagan acostada. Comprendió que ella estaba durmiendo profundamente, y él no quería despertarla. Todavía no. Ella estaba en el lado derecho de una cama California king con dosel, con sus brazos estirados entre las almohadas. Su mirada recorrió su cuerpo, que se delineaba escondido debajo de la delgada sábana, y su suave y largo cabello rubio estaba tendido sobre la almohada. Instantáneamente, sintió crecer su pene al imaginar la sensación de agarrar su cabello con sus puños y se lamió los labios, anticipándose. "Todavía no", se dijo a sí mismo.

Abrió la pequeña mochila que llevaba y amarró algo a cada uno de los postes. Cada envoltura estaba cubierta por un mecanismo que le permitía tener el control del rango de movimiento de su prisionera al aumentar y disminuir la cantidad de cable restante. Una sonrisa diabólica apareció en su rostro mientras removía cuidadosamente la delgada sábana que cubría el torso y las piernas de Reagan. No hubo ningún sonido o movimiento de ella, quien continuaba dormida profundamente. Su cabeza se giró, miró a cada esquina del techo donde Aiden había instalado pequeñas cámaras que eran apenas visibles y daban una vista completa de la cama y de toda la habitación.

Se apretó la bata de seda que llevaba mientras se acercaba al borde de la cama. Sus ojos comenzaron a observar las largas piernas y se detuvieron en la unión entre sus muslos. Su mirada se enfocó directamente en su vagina que estaba cubierta por unas bragas de seda rosa.

"Demonios, es hermosa", pensó. Continuó observando su vientre plano y la pequeña camiseta. Sus pezones se habían endurecido debajo de la delgada tela debido al frío en el aire de la habitación. Los labios cremosos y las pestañas muy negras hacían que su pene temblara bajo su bata. Sin querer esperar un segundo más, él se movió rápidamente y colocó unos brazaletes de goma flexible en las muñecas y tobillos de ella. Estiró las manos, colocando sus pulgares en sus pezones, luego agarró un seno completo en su palma, lo apretó ligeramente y acarició el pezón. Sus ojos fueron a la cara de Reagan cuando gimió suavemente en su sueño debido al tacto.

Perdiendo el control, apretó el seno; ella lamió su labio y gimió de nuevo. Él se inclinó y deslizó su mano por la entrepierna; su pulgar primero y demás dedos después acariciaron ligeramente su vagina a través de la tela.

—Mmm... —Ella se movió ligeramente. Lucas podía sentir cómo su emoción aumentaba y la sangre fluía a su pene gracias a la vista que tenía ante él y pensando en los eventos que iban a suceder. Deslizó sus manos por los brazos de ella y agarró sus muñecas, con su cara a solo centímetros de la de Reagan.

—Reagan, despierta —susurró. Sus dedos una vez más tocaron los labios de su vagina a través de la tela y ella se movió—. Despierta, Reagan —susurró de nuevo.

Él observaba cómo ella abría sus ojos intentando ajustarlos a la oscuridad. Cuando los abrió, intentó enfocarse en él, pero ante la sorpresa, se llenaron de inmediato de miedo y confusión.

—¡Qué demo...! —dijo ella.

Reagan estaba totalmente sorprendida. Cuando su cerebro comprendió, finalmente, lo que estaba sucediendo, enloqueció. Ferris estaba cubierto solo con una bata de seda y cuando ella intentó incorporarse, descubrió que estaba amarrada a la cama. El pánico la consumió al darse cuenta de que el bastardo la había inmovilizado y luchó, inútilmente, con las ataduras.

—¡Aiden! ¡Ayuda! ¡Por favor, ayúdame, Aiden! —gritó. Ferris colocó una mano sobre su boca, silenciándola.

—Shhh —gruñó él—. Nadie va a salvarte, Reagan.

Ella lo miró y lo único que vio fue una especie de gemas malvadas; no había compasión en sus ojos azul oscuro. No había culpa o simpatía. Reagan no lo creía al mirarlo y estaba esperando que su hermano respondiera a sus gritos. Sin embargo, solo había silencio. Los minutos pasaban y nadie venía; los dos se quedaron mirándose a los ojos intensamente.

—Reagan, no tienes que gritar. —Él removió su mano lentamente de su boca y sonrió.

—¿Qué diablos estás haciendo? ¿Por qué estoy amarrada? —gritó ella. Increíblemente, él bajó su cabeza y se acercó a su cuello, respondiéndole.

—Me temo que eres parte de este fin de semana de negocios. —Él lamió su oreja y la agarró entre sus dientes, haciéndola jadear y luchar de nuevo con las ataduras— Aiden hizo este buen trato y no pude evitar aceptarlo.

Lucas movió su peso y colocó sus manos en los senos, moviéndolos a través de la camiseta.

—¡Quita tus malditas manos de encima! —dijo Reagan mirándolo con ferocidad y haciéndole notar todo el odio que sentía en sus palabras—. Tener un negocio con mi hermano no te da el derecho de tocarme.

Una sonrisa diabólica apareció en sus labios.

—Oh, pero te equivocas, Reagan. Eres la mayor parte del negocio. Demonios, sabes demasiado bien —gruñó él, con su aliento en su cuello— como vainilla.

Reagan forzó y retorció su cuerpo para sacar al bastardo de encima de ella, pero fue inútil. Eso solo lo hizo reír.

—Estás loco. Mi hermano nunca haría esto.

Ferris levantó su cabeza, la miró y levantó una ceja.

—¿Estás segura de eso? Voy a hacerme cargo del negocio de tu hermano, Reagan, y tú eres parte del trato, te guste o no.

—¡Estás loco! —dijo ella mientras apretaba los dientes. Él agarró sus pezones con sus dedos mientras soltaba una risa profunda.

—No conoces muy bien a tu hermanastro. Te aseguro que él te entregó y eso está detallado en las pequeñas letras del apéndice que firmamos esta noche.

—¡Púdrete! Estás mintiendo. ¡Aiden! —gritó ella— ¿Qué le hiciste?

Ferris soltó otra risa divertida, luego se levantó sacudiendo la cabeza y abrió la puerta de la habitación. Cuando Reagan se volteó, vio a su hermano ahí parado; y se congeló. Se sintió como si toda la sangre de su cuerpo hubiera sido drenada. Su cerebro se rehusaba a funcionar o a intentar adaptarse a la realidad de lo que estaba sucediendo. ¡Esto no podía estar sucediendo! ¡No! Él era la única familia que le quedaba. ¿Cómo podía hacer esto?

—¿Aiden? —La confusión inundó a Reagan.

—Haz lo que dice, Reagan —dijo su hermano fríamente. Fue como si una daga helada le hubiera atravesado el corazón.

—¿Aiden? ¡No! ¡No puedes hacer esto! Por favor… no puedes hablar en serio. —Ella sintió la primera lágrima caer por su mejilla mientras se percataba de la mirada helada y vacía de su hermano—. Eres la única familia que tengo, Aiden. Por favor, no me hagas esto. Por favor… —rogó ella.

Lucas sacudió su cabeza y mandó a Aiden al pasillo.

Reagan podía escucharlos murmurar, pero no podía distinguir lo que estaban diciendo. Esto tenía que ser una maldita pesadilla. ¿Cómo podía hacerle esto? Ella lo amaba, siempre le había sido fiel. ¡Maldición!

CAPÍTULO 3

Cerrando la puerta detrás de sí, Lucas regresó a la habitación. El depredador la miró con un hambre enfermizo en sus ojos azul oscuro.

—Tu hermano negoció un millón extra asegurándome que eras virgen. Eso fue un bono sorpresa y yo estuve contento de pagarlo.

Sus ojos recorrieron el cuerpo de Reagan otra vez, haciéndola sentir caliente de la cabeza a los pies, y ella tenía miedo por no saber lo que él le iba a hacer.

—Si me conocieras, Reagan, sabrías que hay dos cosas en las que sobresalgo. Dos cosas importantes que me impulsan. Los negocios y el sexo. Este trato me permite satisfacer ambos al mismo tiempo —dijo él con una sonrisa diabólica.

Ferris se subió a la cama, se ubicó al lado de ella, colocó la mano en su estómago y comenzó a hacer círculos alrededor del ombligo.

—No te voy a lastimar, pero voy a tenerte, Reagan. Te guste o no. Nada de lo que digas me detendrá. Nada de lo que hagas cambiará el hecho de que voy a follarte. Muy pronto... y muy duro.

La boca de Reagan no funcionaba, al intentar hacerlo podía sentir que sus latidos aumentaban de velocidad y resonaban a través de su pecho. Ella solo podía observar en silencio mientras él deslizaba su mano a través del elástico de sus bragas y pasaba un largo dedo grueso a través de la línea de vello púbico. Cuando su dedo alcanzó la humedad que había comenzado a aparecer en los labios de su vagina, ella tembló mientras el placer inundaba su cuerpo, a pesar de su rechazo y de que estaba totalmente aterrorizada.

Los ojos azules del señor Ferris brillaron y una sonrisa apareció en sus labios al sentir su humedad.

—Tan húmeda, esto hará que todo sea más fácil para ti.

Lucas le sacó la camiseta y expuso sus pezones tensos. Él se acercó y agarró un pezón con su boca caliente y húmeda. Mientras lo chupaba, su dedo continuaba tocando su vagina, masajeándola. Empujó un dedo dentro para verificar su virginidad y quedó satisfecho cuando sintió una barrera en su intrusión. Reagan dejó de respirar cuando se dio cuenta de que estaba disfrutando que él la tocara. También la hizo sentir sucia y se agitó; se movió contra él, tomándolo por sorpresa.

—¡Sal de encima, maldito enfermo! —gritó ella—. ¡No puedes hacer esto!

Su sonrisa se convirtió en una sonrisa diabólica.

—Oh, pero sí puedo hacerlo, Reagan, y lo haré. —replicó Lucas.

—Cuando esto termine vas a pasar el resto de tu triste vida en la cárcel. Debes de estar muy desesperado para tener que comprar mujeres para follar.

Justo en ese momento sus ojos se abrieron más y Reagan jadeó al verlo que comenzaba a montarse sobre ella. Agarró algunas almohadas y las colocó debajo para elevar su cabeza. En el proceso, su bata se abrió un poco permitiéndole echar un vistazo a su duro pene. Con tanta proximidad con su rostro, parecía demasiado enorme.

—¡Esto te callará! —gruñó él acercándose a su cara. Ella miró con horror mientras se acercaba.

—¿Me vas a atragantar? — dijo sorprendida. Él sonrió y removió su cinturón, tirándolo a un lado.

—Oh, no. No con mi cinturón —dijo él mientras sus ojos aprisionaban a los suyos. Luego se movió hasta que su pene estuvo a solo centímetros de su cara. Su corazón se detuvo al escuchar sus palabras. Sus ojos eran llamaradas de fervor que la inundaban y amenazaban con ahogarla. Reagan respiró profundamente y soltó el aire como si estuviera a punto de comenzar a hiperventilar.

—Por favor, no. —lloró mientras las lágrimas bajaban por sus mejillas—. ¡No puedes! Nunca he hecho esto antes —dijo, mientras su miedo se convertía en furia y ella se retorcía inútilmente en sus ataduras.

—Hay una primera vez para todo —aseguró Lucas— Estoy seguro de que no voy a decepcionarte.

Lucas agarró su duro pene con su mano y tocó la cabeza mientras lo presionaba ante sus labios cerrados. Tocando los labios con su cabeza de un lado a otro, una gota cremosa de líquido preseminal salió. Él la esparció por sus labios completamente cerrados, mientras ella lo miraba con horror y la rebeldía brillaba en sus ojos.

—Ábrela para mí, Reagan. ¡Abre tu boca ahora!

Ella entrecerró sus ojos y sacudió rápidamente su

cabeza. Impaciente, él agarró su cabello con la otra mano y le sacudió la cabeza su con fuerza— ¡Abre! —rugió él.

Aterrorizada por la violencia en su voz y el dolor en su cabeza, ella abrió su boca. En el momento en que lo hizo, él lo empujó dentro, grueso y pulsando. Con un respiro hondo, Lucas recuperó el control. Metía y sacaba lentamente un centímetro para acostumbrarla al duro y caliente pene en su boca. Cuando ella lo miró con sus ojos abiertos de miedo, él le habló con suavidad.

—Buena chica. Sigue así —gruñó él—. Lámelo, usa tu lengua...

Reagan no podía. Todo lo que podía hacer era verlo, totalmente aturdida porque el hombre sobre ella estaba follando su boca y no había una maldita cosa que pudiera hacer al respecto. Lucas agarró la cabecera con sus manos y comenzó a mover sus caderas de atrás hacia adelante, yendo más profundo con cada penetración. Ella escuchó la respiración controlada y los sonidos húmedos que hacía su pene cuando entraba y salía de su boca. Y, Dios, escuchó un pequeño lloriqueo de su propia garganta.

—Relájate, cariño —susurró él—. Voy a ir más al fondo. Jesús, ¡es increíble!

Reagan puso sus manos en puños mientras sentía el duro pene en su garganta, atragantándola tal como había prometido. Los ojos de él estaban cerrados y ella podía ver una capa de sudor en su cara.

—¡Cristo!

Lucas respiró con agitación a través de sus dientes apretados. Seguía recordando esa mirada de miedo en su cara cuando ella se percató de que iba a meterle su pene en la boca. Esa imagen, además de la sensación de sus labios inocentes alrededor de su pene lo hizo acercarse más al clímax. En la séptima penetración, él no pudo evitarlo y dio un gruñido cuando erupcionó en su boca. Agarró la cabecera mientras un profundo placer lo atravesaba desde su pene y bolas hasta todo el cuerpo. Cuando finalmente la miró, vio que el semen salía de su boca y había restos en su abdomen plano.

—Oh, Reagan. Eso fue muy bueno. Muy, muy bueno. Voy a sacarlo ahora, pero quiero que abras tu boca.

Mientras él sacaba su pene de entre los labios brillosos, la miraba con ojos entrecerrados para observar si Reagan obedecía. Levantando su barbilla en oposición, ella le escupió su semen y lo alcanzó en el estómago con los ojos brillándole en desafío.

Lucas cerró sus ojos y sacudió la cabeza. Él admiraba su espíritu; sin embargo, no lo mostró.

—Abre tu boca —repitió él.

Ella solo lo miró. Él encontró su pezón y lo giró con fuerza hasta que ella gritó y finalmente obedeció, mirándolo con furia. Con su mano, él sacó más semen de su pene y lo colocó en su lengua.

—¡Traga! —Miró atentamente la garganta de Reagan mientras ella hacía lo que le decía. Se levantó y desajustó un poco sus ataduras. Girando, Reagan limpió su cara en la funda de la almohada mientras él se estiraba a su lado. Su pene, lleno de semen, estaba en su muslo.

—Ven y límpiame. He aflojado tus ataduras —dijo señalando su estómago donde estaba el semen—. No te rebeles, Reagan. No vas a querer descubrir lo que sucede si lo haces.

Sus ojos estaban llenos de asco mientras ella se doblaba y lamía las gotas en su piel. Mirando su lengua rosada salir y lamer el semen salpicado, sintió que se ponía duro de nuevo.

Reagan tembló con una mezcla de repugnancia y excitación cuando Lucas se acercó y la agarró por detrás del cuello. Él la levantó y la besó, pasando su lengua a través de sus labios para entrar. Ella todavía podía sentir la sensación de su pene.

Una sonrisa apareció en su cara mientras se levantaba de la cama y agarraba su mochila y desaparecía en el baño que estaba en la habitación.

CAPÍTULO 4

Mientras él no estaba, Reagan tomó la oportunidad para intentar liberarse. Había suficiente espacio ahora y podía examinar de cerca los brazaletes. Intentó desabrocharlos, pero solo logró aflojarlos y luego apretarlos por un lado. ¡Maldición!

La sonrisa de Lucas desde el baño la sobresaltó. Ella vio cómo regresaba del baño y se detenía. Elevó su mano y la pasó de arriba abajo por su espalda.

—Tsk, tsk. Eso no funcionará, pero esto sí. —Sonrió él mientras sostenía una pequeña llave—. Eres mía hasta que termine.

Se acercó unos pasos a la cama mientras sostenía algo en su mano. Después de soltar el objeto, él ajustó las ataduras para que sus brazos estuvieran estirados de nuevo y luego removió totalmente las de sus tobillos. Ella inmediatamente cerró sus piernas y eso causó que él frunciera el ceño.

—Abre tus piernas —ordenó él con una voz suave, aunque era claramente una orden, no un pedido. Ella lo observó mientras él agarraba el objeto que había traído. El pánico la embargó cuando él subió a la cama y le quitó sus bragas—. Mmm —gruñó mientras sus dedos tocaban sus labios—. Desnuda como el culo de un bebé. —Reagan siempre había odiado el vello púbico así que solo mantenía una delgada línea. Mientras sus dedos jugaban con su vagina, sus piernas comenzaron a cerrarse de nuevo. Él la miró mientras se las abría—. Más amplio, Reagan.

Ella cerró sus ojos, rindiéndose finalmente y permitiendo que sus piernas cayeran a los lados, dándole acceso total. Estaba asustada y a la vez emocionada por no saber lo que sucedería a continuación. Al escuchar una vibración, abrió más los ojos. Él deslizó lentamente el pequeño vibrador de arriba abajo en sus labios y hoyos secretos, encendiendo cada nervio en su vagina. Ella ni siquiera respiraba, solo exhalaba cuando él lo retiraba. Algunas veces usaba sus dedos para abrir los labios de su vagina y penetrar lentamente solo la punta del vibrador en la entrada. Dentro y fuera, dentro y fuera. Reagan podía sentir el pulso erótico entre sus piernas.

—Estás demasiado húmeda, Reagan —observó él con una sonrisa mientras sus ojos brillaban perversamente. Ella podía sentir que su cara estaba encendida por la vergüenza mientras su cuerpo la desafiaba. Lucas la había excitado más de lo que nunca había estado y su dominio y control solo empeoraban todo. Él le dio un codazo a su muslo con impaciencia.

—Abre más. —Ella abrió más sus piernas. Esta vez sintió que el pequeño vibrador entró en su trasero. Justo por encima, y cada vez que entraba un poco más, ella sentía que una emoción traviesa la embargaba. Reagan no podía comprender por qué su cuerpo estaba actuando de esa forma. ¡Jesucristo! ¿Qué diablos estaba mal con ella que un hombre que la estaba forzando a ser su juguete sexual la estaba excitando? ¿Se había vuelto loca?

Lucas subió un nivel la velocidad del vibrador y comenzó a colocarlo en su vagina, solo en la entrada. Ella no pudo evitar el gemido que se escapó de sus labios cuando la sensación aumentó.

—Mmm. Te gusta eso, ¿cierto? — preguntó él para intentar enloquecerla. Sacó el vibrador, lo apagó y lo colocó en la cama. Su vagina y su carne rosada estaban brillando con sus jugos.

Lucas, de repente, se sintió inundado por un deseo fervoroso causado por su dulzura inocente. Las ganas de sentir los labios de su vagina con su lengua lo consumían. Más que nada, quería sentirla moverse en su cara mientras él la chupaba y absorbía los jugos embriagadores que salían de su vagina virgen.

Un gruñido feroz vino desde lo profundo de su garganta mientras enterraba su cara entre los muslos. Reagan se estremeció por la sorpresa. Sus manos agarraron sus rodillas, forzándola a abrir más aún sus piernas. Su lengua, caliente y resbaladiza, lamía todos los jugos de sus labios y su clítoris sensible. Reagan lo sintió rodear su hinchada entrada con sus labios. Nunca había dejado a nadie estar tan cerca de su vagina y estaba consternada por el placer intenso que estaba esparciéndose por su cuerpo mientras él se daba un banquete como un animal hambriento. Ella sintió que el control se le iba mientras sus caderas se movían solas hacia su boca gloriosa. Con cada lamida y absorbida, sentía que el calor la consumía, y eso solo aumentaba su desesperación y sus ansias de liberarse. Reagan se había dado placer miles de veces, pero nunca había sentido este tipo de intensidad antes.

Estaba enloqueciendo de placer y todo lo que quería era restregar su vagina en su cara en una demanda silenciosa para que la llevara al clímax. En ese momento, sus labios y su lengua eran su mundo. Aunque intentó evitar los gemidos, fue inútil. Su cuerpo la estaba traicionando; ella ya no tenía el control, pero no le importaba. Necesitaba liberarse, necesitaba correrse. Oh, Jesucristo, ¡se iba a correr!

Lucas sabía que Reagan estaba por perder el control y rendirse al orgasmo; él la había estado observando atentamente, había prestado atención a cada movimiento de sus caderas y a sus gemidos que cada vez eran más elocuentes. Cada vez que su vagina chocaba con su barbilla, su grueso pene se movía en respuesta. Él se emocionaba con cada gemido que salía de esos labios. ¡Demasiado erótico! Cuando él vio que, finalmente, estaba llegando al borde de la excitación, se detuvo, dejándola al límite de un orgasmo violento. Ella se movió, frustrada, en sus ataduras, respirando entrecortadamente, pero él solo mostró una sonrisa burlona mientras su cara estaba cubierta de los jugos previos.

—¡Púdrete, maldito enfermo! —gritó ella y cerró sus ojos para intentar calmar su respiración.

—Me quieres demasiado, ¿cierto, Reagan? —dijo él viendo su clítoris que estaba hermosamente hinchado por el ataque de su boca. Colocó la punta de un dedo en su entrada y se rio cuando la vagina convulsionó en un intento de atraparlo.

—Detente. Por favor —sonaba derrotada—. ¡Me estás obligando a hacer esto!

Lucas sonrió. A pesar de que su vagina estaba goteando, ella continuaba negando su propio placer. Aunque tenía que admitir que ella era terca, le gustaba el desafío. Él la molestó aún más al mover su dedo por los bordes exteriores de esos labios suaves como bebé, divirtiéndose con los espasmos que causaba.

—Reagan, cariño. Vas a rogarme que te folle. —Colocó una mano detrás de su rodilla, levantando una de ellas y tocó su clítoris con la yema de un dedo.

—¡Maldición! —Reagan jadeó. Su cuerpo estaba tenso y no se movía, excepto por las contracciones que venían de su vagina empapada. Él se movió hasta que sus rodillas abrazaron sus flancos. Inclinando su cabeza, dijo:

—Vas a rogarme que tome tu virginidad.

—¡Púdrete! —gritó ella, intentando respirar, con el sudor pasando por su nuca hasta su cabello rubio. Mordió su labio y se volteó.

—Vamos, ruégame que te folle…

—¡No! —dijo ella con firmeza mientras él deslizaba su pene en su clítoris sensible.

—…Mmm… te daré esa liberación que quieres con tanta desesperación. —Mientras la tocaba suavemente con su duro pene, respiró hondo, luchando con sus propias ganas de correrse. Con impaciencia, levantó su otra pierna y se concentró en llevarla a la desesperación—. Se siente bien, ¿cierto, Reagan? —gruñó él—. Mi pene tocando tus pliegues húmedos…

Reagan gimió cuando él comenzó a mover sus caderas en una serie de rápidas penetraciones. La fricción con su vagina estaba volviéndola loca.

—Piensa en el placer que vas a sentir, tener mi pene dentro de ti, llenándote. Se sentirá muy bien. Lo único que tienes que haces es decir la palabra, Reagan. Solo dime que lo deseas.

Las manos de Reagan estaban en puños mientras su respiración seguía siendo entrecortada. No dijo nada. No iba a darle esa satisfacción. Lucas sonrió. Él podía jugar este juego y estaría feliz de complacerla. Soltó su pierna y se movió sobre su cuerpo amarrado. Con un movimiento de caderas, empujó solo la cabeza de su pene en ella. Balanceando su peso en sus brazos, la única parte de su cuerpo que la tocaba era su pene. Su cuerpo tembló y su mirada fue a la suya.

—No, por favor no lo hagas.

Lucas sintió el miedo en sus ojos y esto lo emocionaba, pero inmediatamente sintió también unas ganas irracionales de consolarla.

—Solo es la cabeza, Reagan —susurró él—. Relájate. Se va a sentir bien. Lo prometo. —Ella respiró hondo y cerró los ojos; él sintió cómo su cuerpo se relajaba—. Buena chica. —Sus palabras fueron suaves mientras él movía sus caderas y entraba una y otra vez, permitiendo que solo la cabeza lo hiciera en cada oportunidad. Su vagina estaba tan apretada que la cabeza de su pene hacía un sonido de absorción mientras entraba y salía. Él miró cuidadosamente su cara, sus reacciones y la respuesta de su cuerpo mientras aumentaba la velocidad, a veces sacando y deslizando su cabeza por su clítoris hinchado y luego entrando de nuevo. Siguió con la cabeza un poco más. En un breve momento, sintió el acompañamiento inconsciente de sus caderas al ritmo de sus propios movimientos. Esa respuesta era suficiente.

Reagan estaba dejando ir sus inhibiciones, estaba yendo más allá de sus miedos y permitiendo que el placer tomara el control, permitiendo perderse en él.

—Eso es, dulzura. Se siente bien, ¿cierto? Dime que lo deseas. Ruégame, Reagan. —Se inclinó a susurrarle al oído— Dime que quieres sentir mi pene dentro de ti. Reagan mantuvo su boca cerrada y sus ojos cerrados.

—Demonios, te sientes tan bien. Lo quieres al fondo, ¿cierto, Reagan? Todo esto te está volviendo loca —continuaba diciéndole, moviendo sus caderas rápidamente, permitiendo que solo la punta entrara y saliera. Eso la hacía jadear.

—La única forma de liberarte es diciéndolo, Reagan. Dime que lo deseas y te dejaré correr. ¡Suplícame que te folle!

Mientras ella se acercaba cada vez más al clímax, él aceleró. Pequeñas gotas de transpiración se formaron en su frente y ella comenzó a gemir y jadear con más fuerza, aunque intentaba mantenerse bajo control. Lucas también estaba sudando por el esfuerzo de aguantar su propio orgasmo. Cuando ella estuvo cerca de alcanzar el clímax de nuevo, él se lo volvió a negar. Con un movimiento rápido de caderas, se alejó y dejó su vagina hinchada vacía.

—¡No, por favor! —Se arqueó en la cama casi involuntariamente. Él la ignoró, pero la seguía preparando con movimientos suaves de sus dedos en su clítoris hinchado.

—¿Por favor qué, Reagan? —Apretó con fuerza la cabeza de su pene para posponer su propio orgasmo. La sensación de los labios de su vagina alrededor de la punta de su pene era una tortura y ahora pulsaba en su mano, pero no permitió el orgasmo.

—¡Maldición! —jadeó Reagan, luchando con su orgullo. Odiaba necesitar algo de él, pero reconocía que deseaba liberarse como si necesitara su último aliento. Su vagina ardía con una necesidad que nunca había sentido antes, y finalmente se dejó ir, no le importó una mierda.

—¡Fóllame, bastardo enfermo! —gritó ella.

Lucas la miró a los ojos y sacudió su cabeza.

—Puedes hacerlo mejor que eso.

Reagan mordió su labio mientras él la lamía entre las piernas. La sensación de su lengua caliente le mandó un escalofrío por el cuerpo, y cada nervio estaba enfocado en su clítoris. De nuevo, la llevó al borde y la dejó ahí. Una vez que se detenía, comenzaba de nuevo hasta que no podía pensar más y era un desastre.

—Por favor, te lo ruego. Por favor, fóllame. ¡Fóllame!

Lucas le dio una última chupada larga a su clítoris con su boca y la hizo saltar.

—Más —gruñó él mientras chupaba gentilmente uno de los labios y metía dos dedos en su jugosa vagina. Reagan no pudo contener a su cuerpo ante el movimiento de acercarse más hacia él.

—¡Por favor! Te lo ruego. Fóllame. Mételo. ¡Por favor! —gritó ella.

Lucas deslizó su cuerpo hacia arriba, deteniéndose para chupar un pezón fuertemente, y ella jadeó por la sensación. Su cuerpo estaba ardiendo. Con una sonrisa salvaje de victoria, Lucas se posicionó encima de ella, alineó su pene en su entrada y empujó. Estaba tan suave que, si no hubiera sido una virgen, hubiera entrado sin problemas. Estaba muy, muy estrecha y eso lo excitaba porque él quería hacerlo lentamente para poder sentir la rotura de su virginidad bajo el asalto de su duro y grueso pene.

—Oh, Dios —gimió ella.

Tan pronto él empujó lentamente dentro de ella, Reagan dudó si quería esto. Ese grosor palpitante seguía entrando, más y más profundo hasta que chocó contra la barrera virginal sin la suficiente fuerza como para romperla, pero la suficiente como para probar su resistencia. Ella sintió como si la fuera a romper en dos. Reagan se retorció debajo del cuerpo de Lucas, intentando alejarse de la presión dolorosa de su invasión. Nunca había tenido algo más grueso que su dedo.

—N...n...no... —lloró ella—. Duele... —gimió mientras él empujaba de nuevo. Lucas se detuvo, respirando con fuerza.

—Jesucristo, estás demasiado estrecha. —Alejó unos cabellos de su cara y le susurró—. Tienes que relajarte y no va a doler tanto.

Lucas alcanzó la parte de abajo y agarró su clítoris con sus dedos, acercándola una vez más hacia ese fantástico orgasmo. Fuertes jadeos comenzaron a emanar de su garganta. Usando la cantidad adecuada de presión, él tocó su clítoris con mucha intensidad y esta vez dejó que la liberación tuviera lugar. Reagan chilló y estiró su cuerpo mientras el orgasmo erótico atravesaba su cuerpo. Su vagina convulsionaba a alrededor de él, apretándolo sin piedad, incluso ella gritó su nombre mientras estaba en medio de los espasmos orgásmicos.

Lucas comenzó de nuevo a penetrarla con más presión, esta vez no se detuvo cuando sintió la resistencia vigilante de su virginidad, y él disfrutó el placer de romper su dulce barrera, entrando más y más. Estaba obsesionado con su necesidad inevitable de estar enterrado dentro de ella.

—Oh, sí —gruñó él. Finalmente, sus bolas estaban contra su trasero mientras él se quedaba sobre ella con un gruñido de placer. Lucas comenzó a moverse lentamente y a penetrar aunque ella siguiera muy estrecha. Sabía que mientras más se forzara a esperar, más intenso sería el orgasmo. Él miró a Reagan y mientras más se movía él, más se relajaba su cara, aunque ella seguía luchando con el placer creciente. Cuando sus piernas se enlazaron en su cadera y ella empujó, él supo que ya había superado el dolor y eso lo hizo enloquecer.

—Se siente bien, ¿cierto, Reagan? Muchos centímetros de duro pene dentro de tu vagina. ¿Puedes sentir a cada uno llenarte mientras te penetro? —Aumentó la velocidad de sus penetraciones y la fricción del sexo era casi eléctrica, y cuando ella soltó un grito, la penetró con más fuerza. —Oh, sí, córrete para mí, pequeña —gruñó y penetró con más profundidad. Sus caderas se movían como una máquina bien engrasada. De reojo, pudo ver que el puño de Reagan se abría y cerraba, pero sus gemidos lo animaban a continuar.—¡Jesucristo! —gruñó él en su cuello—. Me voy a correr dentro de ti, Reagan. —Con sus palabras, el cuerpo de ella se puso rígido por un momento. Luego ella colapsó de nuevo cuando su segundo orgasmo la consumió por completo. Cuando su vagina lo apretó y lo atrapó repetidas veces, su cabeza no aguantó más y él se corrió. Con un grito gutural, explotó dentro de ella. Su pene convulsionaba mientras su carga erupcionaba en chorros prolongados. Cada músculo de su cuerpo permaneció tenso cuando salió. Viendo su pene en sus manos, pudo ver la sangre virginal de Reagan. Ver esa mancha carmesí en su piel lo hizo llenarse de satisfacción.

—Cristo, Reagan, eres increíble. — Se inclinó, la besó y luego apretó su seno—. Y solo va a ponerse mejor la próxima vez.

Reagan luchó para evitar las lágrimas de vergüenza al percatarse de que él no iba a estar satisfecho con solo haber tomado su virginidad. Lucas tenía planes y ella no tenía idea cuáles serían. Lo que sí sabía era que esta prueba estaba lejos de terminar.

CAPÍTULO 5

Lucas pensó que sería genial si cada negocio pudiera terminar con él follándose a una hermosa virgen. Se sentó, completamente satisfecho de ver a Reagan pretendiendo estar dormida. Su encantador cabello rubio estaba desplegado sobre las almohadas, su estómago estaba lleno de su esperma aún. Entre sus muslos, vio más semen mezclado con su sangre virginal saliéndose de su vagina brillante. No pudo resistirse y metió un dedo en su calidez, lo empapó y luego lo lamió con sus labios. Reagan se retorció y abrió sus ojos; no estaba dormida. Sus ojos estaban fijos en los de ella cuando dijo:

—Voy a liberarte, Reagan.

Una ola de emoción la invadió. Quizás estuviera equivocada y él ya habría terminado y ella podría intentar olvidar que este asalto había sucedido, e intentar convencerse de que no lo había disfrutado.

Con un movimiento fluido, Lucas se levantó exponiendo su cuerpo atlético. A pesar de que este hombre acababa de follarla a la fuerza, ella tenía que admirar la perfección de su silueta. Él debía de haberse ejercitado todos los días para desarrollar un físico como ese, pensó. Cada músculo en su cuerpo estaba definido de una manera asombrosa. Sus ojos fueron a su pene, el cual seguía bañado en una mezcla de semen y sangre. Recordó lo llena que se sintió y el orgasmo violento que transportó su cuerpo al olvido y su vagina se retorció como si quisiera más. Jesús, ¡Reagan! Solo era su cuerpo reaccionando, el reflejo instintivo de su cuerpo a la estimulación.

Lucas sonrió y chasqueó los dedos para que lo mirara a la cara. Parecía divertirse, como si supiera lo que ella estaba pensando.

—Te voy a permitir lavarte —le dijo mientras se inclinaba y quitaba las ataduras de sus muñecas. Reagan se sentó y masajeó sus muñecas—. Demórate lo que desees, pero solo toma una ducha, no un baño.

Reagan caminó hacia el baño y notó que la perilla no estaba y se volteó para mirarlo. Lucas se encogió de hombros y le hizo un gesto con su mano para que entrara. Ella abrió la llave del agua de la ducha y entró.

Lucas se dirigió hacia el intercomunicador en la pared y presionó el botón.

—Espero que estés ahí, Aiden.

—Aquí estoy.

—¿Viste? ¿Escuchaste?

—Oh, Dios, sí. —Aiden sonaba emocionado.

—Espero que lo hayas disfrutado igual que yo. —Sonrió Lucas para sí mismo.

—Púdrete, Lucas. Quiero mi parte —gruñó Aiden a través del intercomunicador.

—Una vez que terminemos nuestro trato y firmemos el documento, tú podrás tener cualquier cosa de ella que desees. La noche es joven y todavía queda mucho por hacer. Oh, y tráeme una botella de bourbon con dos copas, por favor. —Lucas presionó otro botón, bloqueando el intercomunicador para solo transmisiones.

Antes de que los respectivos padres de Aiden y Reagan fallecieran en el accidente automovilístico, el padre de Lucas, Rex Ferris, había adquirido más de veinte contratos de tierras con Sean Lynch, el padre de Aiden y padrastro de Reagan. Cuando Aiden se encargó del negocio, Rex y Lucas Ferris vieron cómo él iba destruyendo el negocio lentamente y pensaron que era una verdadera desgracia. ¡Qué decepcionado estaría su padre si estuviera vivo! Cuando Lucas vino para iniciar una oferta pública de adquisición, él sabía que Aiden querría vender lo que quedaba de la compañía sin dudarlo, porque había estado arruinando las cosas en el último año, y la prueba estaba en los reportes de ganancias. Cuando Lucas Ferris hizo la oferta, su padre, Rex, le ordenó a su equipo que propusiera una contraoferta poco entusiasta. Y así comenzó.

Lucas demoró las negociaciones adrede, calculando cuidadosamente el momento adecuado para ver si Aiden saltaría cuando él lo mandara. En una reunión, Reagan entró en la habitación e hizo que cada hombre allí se pusiera derecho. Llevaba una blusa blanca ondulada, desabotonada hasta la cintura, y revelaba un top y una pequeña falda. Lucas había observado cuidadosamente por mucho tiempo el comportamiento de Aiden con su hermanastra.

—Reagan, ¡qué sorpresa! —dijo Aiden con una sonrisa. Lucas no estaba sorprendido. Él ya había arreglado su entrada y no era raro que Aiden usara la belleza de su hermanastra para distraer a sus adversarios de negocios. Lucas asintió con aprobación cuando notó que sus pezones estaban erectos. Ella se detuvo como si no supiera que la habitación estaba llena de personas.

—Lo siento. Pensé que estarías listo para irnos, Aiden. No quería interrumpir.

Lucas se levantó, disfrutando la vista que tenía.

—Para nada, Reagan. Creo que todos aquí estarían de acuerdo en decir que este tipo de interrupción es bienvenida.

Reagan sonrió mientras Aiden hacía las presentaciones. Aiden también notó el interés de Lucas en Reagan, y aceptó cenar con ellos esa noche. Al día siguiente, Lucas insistió en tener una reunión privada en su propiedad de La Jolla, California. Cuando Lucas llegó, no perdió tiempo y le entregó un grueso archivo a Aiden.

—Tómate tu tiempo para leerlo. Tomaré un trago mientras lo haces —dijo Lucas, echando el líquido ámbar en una copa. Aiden leyó los documentos dos veces y miró a Lucas. Una sonrisa enferma apareció en sus labios.

—¡Maldito! —dijo él, caminando hacia Lucas y dándole una palmada en la espalda—. Lo haré, pero cámbialo a un par de horas y yo soy el siguiente.

Lucas bebió el resto de su trago, lo dejó y agarró el archivo.

—Enfermo. El acuerdo se cancela. —Colocó el archivo bajo su brazo y se dirigió a la puerta—. Oh vamos, Lucas. Jesucristo. Ella es mi hermanastra, no es de sangre.

Lucas se volteó y miró al pedazo de mierda.

—Te daré otra oportunidad. No seas un maldito estúpido. La quiero por veinticuatro horas para usarla como desee. Ni una hora menos ni una hora más. A cambio, yo aceptaré cada cosa que hayas listado durante las negociaciones iniciales y pagaré el precio completo de compra.

Aiden no dudó mientras la sonrisa aparecía en su cara.

—Ella es virgen, sabes —Aiden dijo con malicia—. Cinco millones por su virginidad.

Lucas se quedó quieto, sin siquiera parpadear.

—Estás loco.

—De acuerdo, dos millones. Garantizo que ella vale la pena.

—Doscientos cincuenta mil —contestó Lucas.

Aiden frunció el ceño.

—Mencioné que sus tetas son...

Aiden dejó de hablar mientras Reagan pasaba usando un escandaloso traje de baño. Aiden no pudo contener su sonrisa. "Justo a tiempo", pensó.

Ambos miraban mientras ella sonreía y se dirigía a la piscina. Cuando se hubo ido, Aiden sonrió y dijo:

—Tres, no menos.

—Uno. Oferta final.

Con un par de condiciones menores, cerraron el trato de manera verbal que sería firmado el mes siguiente, y Lucas se retiró con una sonrisa en su cara. Si Aiden tomaba conciencia de lo que acababa de suceder, enloquecería.

Cuando Aiden llevó el bourbon y las copas a la habitación de su hermanastra, Lucas le ordenó que regresara a la suya, y le cerró la puerta. "Bastardo voyerista enfermo", Lucas pensó. Colocó las botellas y las copas en la mesita, agarró su mochila y sacó unas cuantas velas. Las encendió y le dio al lugar un brillo naranja. Una luz iridiscente provenía del baño donde Reagan estaba tomando la ducha. Lucas no dudaba que ella estaría lavándose todo el semen de su cuerpo, y decidió ir a ver.

La ostentosa ducha de gran tamaño tenía boquillas gemelas y el gabinete estaba construido en mármol. A través de paños de vidrio llenos de vapor, Lucas podía apreciar la figura de Reagan. Pudo observar sus manos en la pared mientras el agua caía en su cabello. Miró su espalda y su delicioso trasero. Su pene tembló, y él se lamió los labios mientras pensaba en lamer el espacio entre esas nalgas y sentir el agujero arrugado de su ano con su lengua.

"Es hora de la segunda ronda", pensó.

Le tomó un segundo presionar el botón del intercomunicador que activaba la voz y las cámaras. Él la miró ahora con intención, con sus ojos dándose un festín por ese cuerpo. Agarró su pene y comenzó a masturbarse. Lucas miraba atentamente mientras ella agarraba el jabón, quien seguía sin notarlo, y comenzaba a deslizarlo por sus senos. "Demonios, ¡tiene tetas increíbles!". No podía esperar a chuparlas de nuevo, sentirlas en sus grandes manos y agarrar esos duros pezones entre su pulgar e índice. Su boca se secó cuando ella estiró la mano para lavar su vagina. Sus dedos estaban entre sus piernas y entre los globos gemelos de su firme trasero juvenil, y eso finalmente lo hizo atacar a su presa de nuevo.

Con un movimiento ágil, Lucas abrió la puerta de la ducha y entró al encierro caliente. Reagan se volteó rápidamente con un jadeo. Sus ojos fueron hacia su duro pene que estaba como un poste de metal y ella se pegó a la pared.

—Dijiste que podía tomar una ducha —le dijo apretando las manos en puños.

—Voltéate. —Lucas sacó una sonrisa depredadora. Ella hizo lo que le ordenó, no quería pelear con él. El agua caliente caía en cascada sobre ambos y el calor se sentía increíble. Resultó conveniente que Reagan tuviera una ducha lo suficientemente grande para que entraran varias personas... Él colocó sus manos en sus caderas acariciando la piel enjabonada mientras su pene estaba en sus nalga. Sus labios fueron a su oído para susurrarle:

—Follemos, Reagan. —Sabía que Aiden estaría escuchando y observando. Él era un maldito enfermo, a los ojos de Lucas—. Vamos a divertirnos y a cambiar el juego. Tú me dices cómo lo quieres esta vez. —Su mano se deslizó por su torso hasta que alcanzó sus senos, luego los apretó y sintió que sus pezones se endurecían con su tacto. Los agarró entre sus dedos y se inclinó a tocar gentilmente su cuello. Reagan comenzó a jadear y sintió que sus caderas se movían hacia él— Dime exactamente cómo quieres que te folle.

Continuó jugando con un pezón con una mano y su otra mano fue hacia abajo y encontró su clítoris. Mientras tocaba su parte sensible y jugaba con su pezón, él la tuvo goteando de placer en minutos.

—Yo iba a follar ese hermoso trasero que tienes —dijo con una voz profunda. Su vagina se apretó alrededor de su dedo cuando terminó la oración—. ¿Qué? —rio él—. Te gusta la idea, ¿cierto?

Ella solo giró su cabeza y él sacó su dedo de su vagina húmeda y trazó círculos en su trasero virgen.

—Mmm —gruñó Lucas.

Reagan tembló en sus brazos y un gemido atravesó su garganta. Sonriendo, él lamió su dedo y lo metió por su trasero. Reagan gimió con más fuerza; manteniendo su dedo en su trasero, él usó su otra mano y metió dos dedos en su vagina.

—Demonios, estás empapada, Reagan —le murmuró al oído—. Oh, te gusta cuando juego con tu trasero.

—No —dijo ella débilmente—. Para, no me hagas...

Lucas metió y saco los dedos de su trasero y sonrió, disfrutando cada segundo del acto.

—No tengo que obligarte a hacer nada, pequeña. Tu vagina está empapada por mí y, ciertamente, no por la ducha. Tu clítoris está palpitando en mi dedo y tu corazón está latiendo con rapidez. Tu cuerpo está gritando que te folle por el trasero.

—¡Púdrete! —dijo ella y se giró causando que sus dedos se salieran de su vagina y de su ano. Sus ojos se mostraron desafiantes mientras lo miraba sin ceder; los de él se entrecerraron y parecían remolinos de enojo de un azul oscuro. Mientras continuaba parada bajo el agua, supo que había cometido un error.

Lucas la miró con rigidez en su expresión y le hizo sentir un escalofrío, pero luego le tomó los brazos, alzándolos y pegándolos contra la pared.

—Creo que no comprendes. Yo estoy a cargo aquí. Tú estás aquí para *mi* placer. Yo te compré. —Hizo una pausa y se quedó quieto agarrándola—. Tú disfrutaste lo que te hice antes. ¡Lo disfrutaste! Aunque estabas demasiado asustada para admitirlo. —Reagan jadeó en shock— Sí,

Reagan. Tú me rogaste que te follara. Mientras más rápido lo admitas, más rápido lo aceptarás.

Reagan sacudió su cabeza.

—Deja de decir eso. No tenía otra opción.

Su cara estaba a solo unos centímetros de la de ella.

—Te corriste, Reagan. ¡Dos veces y te encantó! —dijo él.

Ella lo miró con furia en sus ojos.

—¡Maldito sádico hijo de perra!

Él se echó a reír.

—No tienes idea de lo que es ser sádico, Reagan, pero estás por descubrirlo.

CAPÍTULO 6

Lucas la forzó a ponerse de rodillas, agarró con un puño su cabello y jaló para que su barbilla estuviera levantada y él pudiera ver claramente sus ojos color avellana. Su pene estaba justo en frente de ella.

—Chupa mi pene —gruñó.

Colocó una mano en la pared de mayólicas y sus pies quedaron contra el banco para permitirle dirigir su cuerpo hacia el ángulo que le ofrecería una penetración más profunda si fuera lo que escogía hacer.

Una sonrisa diabólica apareció en sus labios mientras la miraba abrir la boca y él metía su pene dentro. Lo hundió totalmente y se concentró en esa imagen, la de su pene desapareciendo en esa hermosa abertura. Sus bolas chocaban contra la barbilla mientras movía sus caderas y atravesaba su garganta. ¡Maldición! Solo unos minutos habían pasado y como una completa tortura, lo sacó con un gruñido.

—Levántate —le ordenó. Lucas apreció que obedeciera — Voltéate.

Tomó su cadera y empujó sus hombros para doblarla hacia adelante. Luego empujó sus pies con los suyos para que abriera las piernas. "Absolutamente perfecta", pensó. Doblando sus rodillas, él colocó en ángulo su duro pene en su entrada y lo metió. Este no era el trato cuidadoso e indulgente que le había dado antes. A él no le importaba una mierda si ella se corría o no, y tampoco le dio ningún placer. Todo lo que quería era ejercer su poder sobre ella. Esto era pura furia animal. Él la penetró tan fuerte que sus pies se resbalaban. Con cada dura penetración, él soltaba un gruñido, solo porque se sentía demasiado bien y sabía que el hermanastro estaba escuchando.

—Estás... ¡uhh!... demasiado... ¡uhh!... estrecha — dijo esas palabras entre gruñidos, sintiendo cómo temblaba su pene mientras disparaba su semen dentro de ella mientras el agua caía sobre ambos.

Cuando recuperó el aliento, lo sacó y Reagan se fue hacia la pared. Ignorándola, él agarró el jabón y se limpió. Se enjuagó, la miró una vez más y luego salió de la ducha, agarrando una toalla antes de salir del baño. Aunque era una locura, no iba a sentirse mal por lo que acababa de hacer.

Unos momentos después dejó de escuchar el sonido del agua. Reagan se colocó una toalla y luego secó su cabello con otra más pequeña. Mientras salía del baño, él la guio hasta la cama. Sus ojos seguían en ella.

—Sin ataduras por ahora —le dijo y luego le dio una copa de bourbon—. Bebe esto. Luego deberíamos dormir un poco.

Reagan bebió el licor de un trago. Aunque no le gustaba, lo necesitaba ahora mismo. Cerró sus ojos y sacudió su cabeza mientras el licor dejaba un camino caliente por su garganta y calentaba su estómago. Estaba completamente exhausta y apenas podía moverse. Sus brazos y piernas se sentían como gelatina cuando se acostó. El reloj decía cuatro y veinticinco. Con razón estaba tan cansada.

Lucas se subió a la cama, se puso a su lado y terminó su copa de bourbon. El ritmo de su respiración y su adorable cara lo hizo sentir satisfecho con una sensación de felicidad. Normalmente, cada momento así era sobre negocios, siempre aumentando su alcance en tratos corporativos. Incluso durante el sexo él estaría pensando sobre negocios y su próximo paso para aumentar su fortuna. Su satisfacción sexual era lo único que igualaba sus ansias de fortuna y poder. Pero desde que conoció a Reagan, todo lo demás parecía ser inexistente. Reagan le produjo un efecto que ni siquiera él podía comprender.

Su vasto imperio corporativo continuaría sin él, como debería. Lucas solo contrataba a los ejecutivos más competentes que podrían manejar su negocio por varias semanas sin su presencia, pero por primera vez, se sentía libre de la carga de su negocio y podía enfocarse únicamente en la situación que estaba desarrollándose ahora mismo.

Después de apagar la vela, él cerró sus ojos y se acostó al lado de Reagan. Necesitaba dormir bien para poder lidiar con lo que sucedería en el transcurso del día. Para la media mañana, su energía estaría restaurada y él podría manejar a Aiden. Sonrió mientras se imaginaba la mirada de sorpresa en su cara cuando descubriera lo que iba a suceder.

CAPÍTULO 7

Reagan se movió y abrió sus ojos lentamente mientras el sol de la mañana pasaba a través de la ventana. Ella se sentó y se sorprendió de que alguien le hubiera traído una bandeja con huevos revueltos, tocino, tostadas y fruta fresca. También había jugo de naranja y café. Por un segundo, se sintió como si fuera cualquier día y no la pesadilla que regresó a consumir sus pensamientos.

Un dolor le atravesó el pecho cuando pensó en su hermanastro. ¿Cómo pudo haberle hecho eso? Por supuesto, no compartían sangre, pero ¡Jesucristo!, ella había vivido durante nueve años con él, ¡como su hermana! Tenía que haber significado algo para él. Sus padres estarían completamente asqueados si supieran lo que le había hecho. Aunque ella había accedido a sus ridículas demandas durante el último año, no era ignorante. Reagan era consciente de les habían dejado el negocio a ambos. No solo a Aiden. También era consciente de las desacertadas decisiones corporativas que, lentamente, iban arruinando el negocio familiar. Sin embargo, le siguió la corriente como una buena chica. Pasó una mano por su largo cabello rubio mientras la rabia crecía en su interior. Estaba cansada de este juego, y él tendría que pagar. Y, Dios, ella haría que su hermanastro lo pagara. Pero, por ahora, tendría que seguirle el juego.

Cuando Lucas se aclaró su garganta, ella le prestó atención y su mirada fue hacia la silla que estaba en la esquina de la habitación. Lucas se había sentado cerca de la ventana, con sus dedos bajo su barbilla, estaba mirándola de manera intensa. Algo se retorció dentro de ella.

—Despertaste —dijo Lucas agarrando su taza de café y tomando un sorbo. —Come, vas a necesitar energía, pequeña.

Reagan abrió su boca para hacer un comentario, pero la cerró de inmediato. Echó un rápido vistazo al reloj en su mesita de noche. Iba a ser mediodía. Se sentó y miró la comida en frente de ella. No le tomó mucho tiempo comer la mayor parte del desayuno que le habían traído, estaba muy hambrienta y no tenía sentido rehusarse a comer. Cuando terminó su jugo de naranja, miró a Lucas y preguntó:

—¿Cuánto falta para que termine esta pesadilla?

—Técnicamente hasta medianoche, pero posiblemente antes —contestó elevando una ceja. Después se levantó y agarró un vestido *babydoll* que estaba en el banco, al final de la cama y, luego, lo colocó en el borde, indicándole que se lo pusiera—. Sin sujetador ni bragas.

Sus palabras la hicieron recordar que su hermano la había entregado a Lucas como un regalo. Solo el pensarlo era siniestro, y ella no podía comprenderlo. ¿Cómo podría hacer alguien esto? ¿Tratar a una persona como una cosa? Como si fuera basura o como si fuera ganado, o como si ella solo fuera una transacción de negocios.

Aiden la había usado demasiado tiempo, pero Reagan nunca hubiera pensado ni en un millón de años que él sería capaz de ser tan malvado, y encima con alguien de su propia familia. Comprender que había negociado con ella sin siquiera pestañear la hizo querer gritar y arrancarle sus hermosos ojos verdes, pero sabía que no podía hacerlo. Fue sacada del hilo de sus pensamientos cuando Lucas le susurró:

—Él está observando. Vístete. —Los ojos de Reagan siguieron a los suyos que apuntaban en dirección al techo. Ella intentó enfocarse en los pequeños puntos que ahora notaba. Reagan ya estaba enojada, pero ahora ese enojo se convirtió en ira, y la consumió más de lo que pensó posible y el dolor le atravesó el corazón cuando recordó lo que había sucedido la noche anterior.

¡El maldito enfermo había visto todo! Reagan tocó su pecho y su mano cubrió su boca mientras intentaba aguantar las lágrimas. Luego sus ojos fueron a Lucas que estaba en la puerta.

—Cuando te vistas, por favor, ve a la biblioteca. —Él le dio una pequeña sonrisa triste y cerró la puerta.

Su mano seguía cubriendo su boca mientras lo vio irse de la habitación, dándole algo de privacidad. Probablemente, para permitirle digerir la magnitud del secreto que había compartido con ella. Reagan sintió una lágrima pasar por su mejilla, luego respiró hondo y limpió la lágrima con fuerza con su mano. Oh, estaba muy enojada.

Se levantó, completamente desnuda, y caminó hacia el borde de la cama, agarrando el vestido. Ella estaba hirviendo por dentro y sabía que tenía que comportarse.

Aiden quería verla siendo violada, verla vulnerable y que sus partes más íntimas fueran expuestas y arruinadas por un hombre al que la había entregado. Bueno, ya le enseñaría al maldito.

Reagan caminó lentamente hacia el baño con el vestido en la mano y respirando profundamente para calmarse. Se colocó la pequeña tela y luego agarró la llave del lavabo con ambas manos, mirándose al espejo. Pensaba en las pequeñas cámaras en la habitación y se volteó lentamente, intentando no ser obvia mientras inspeccionaba el techo y las paredes. Vio dos cámaras más en la ducha. Disimulando, se volteó y agarró su cepillo, peinando suavemente su largo cabello rubio. "Puedes hacer esto, Reagan. Puedes hacerlo", las palabras aparecieron en sus pensamientos mientras se peinaba con tranquilidad.

Caminar sin bragas se sentía extraño. Cada paso que daba le hacía sentir una brisa por debajo de su vestido. Unos momentos después, Reagan pasó por el pasillo, bajó las escaleras y entró en la biblioteca como se le había ordenado antes. Sus ojos cayeron al instante en quien había sido su hermano. Estaba sentado en una silla de cuero, al otro lado de un largo sofá donde Lucas se acomodó, ambos seguían conversando como si fuera cualquier otro día. Sus ojos fueron hacia el guardaespaldas que estaba a unos pasos de la silla y luego hacia a Aiden.

Una oleada de ira amenazó con ahogarla mientras estaba allí parada y todas las miradas estaban enfocadas en ella.

—Reagan. ¿Dormiste bien? —preguntó Aiden con una sonrisa burlona en su cara.

Ella estaba parada con los brazos a cada lado y puso las

manos en puños para intentar calmarse un poco. Podía sentir sus uñas clavándose en su carne mientras inventaba una sonrisa y dijo:

—Muy bien.

Sus ojos fueron a Lucas que estaba sentado al frente de su hermanastro.

—Muñeca. Ven aquí.

Reagan caminó lentamente hacia Lucas sin dejar de mirar a Aiden, y se paró al lado de la silla de Lucas sin vacilar. Sintió su mano deslizarse por la parte trasera de su muslo bajo el vestido, acercándose lentamente hacia su nalga.

—¿Tienes alguna pregunta para tu hermano, Reagan? —Él elevó una ceja esperando una respuesta y luego miró a Aiden.

Reagan respiró hondo antes de hablar, sin quitarle de encima los ojos a Aiden.

—¿Me amaste alguna vez? —susurró ella, mirando cómo su mandíbula reaccionaba y luego sus ojos se oscurecían.

—En un momento, sí. Pero luego... —Hizo una pausa intentando encontrar las palabras adecuadas—. Tú te convertiste en un bien, algo que podía usar como un peón. — Ella sintió a Lucas agarrar su mano y darle un pequeño apretón para darle fuerzas.

Reagan soltó el agarre de Lucas y se acercó a su hermano. Con los dientes apretados, ella le gritó:

—¿Cómo pudiste? ¡Te amé como mi maldito hermano, maldito enfermo! ¡Fui leal! —lanzó, mirando a los ojos verdes de su hermano, y no vio nada, nada de compasión o culpa, ni siquiera un poco de empatía.

Él levantó la mano para silenciarla.

—Suficiente, Reagan. Deja las tonterías. ¡Yo no te debo una mierda! —le gritó—. Cuando supe que mi padre nos había dejado el negocio de la familia a los dos, estaba furioso. ¿Cómo pudo hacerlo? Su negocio me pertenecía solo a mí, ¡su hijo! No a una pequeña perra. No has sido más que una carga y un maldito dolor de cabeza. —Aiden miró por la habitación y sus ojos la encontraron de nuevo—. Esto solo fue el pago, ¡perrita!

Reagan sintió que las lágrimas caían por sus mejillas mientras esas palabras la atravesaban. Un momento después, colocó el dolor a un lado, como siempre había hecho, y soltó una risa que no podía contener más. Cuando finalmente se calmó, Reagan limpió sus mejillas y sonrió. Miró sobre su hombro a Lucas y le preguntó.

—¿Él firmó el contrato, bebé?

Una mirada perversa apareció en la cara de Lucas y él asintió.

—Oh, sí. Él es todo tuyo, muñeca.

CAPÍTULO 8

Reagan se volteó para ver a su hermano cuando las palabras salieron de su boca.

—¿Qué demonios? —preguntó él con exasperación. La mirada perpleja en su cara hizo sonreír a Reagan.

—Hmm. ¿Quién es la perrita ahora, Aiden? ¡Maldito imbécil! ¿No se siente tan bien, cierto? —preguntó ella, parada ahí con sus manos en la cintura y una ceja levantada.

Miró cómo Aiden la observaba confundido y luego su mirada se detuvo en Lucas.

—Lucas, ¿qué es esto? ¿Qué está sucediendo?

—La subestimaste, Aiden. Hubo tantas formas en las que podías haber manejado esto, pero desafortunadamente elegiste la equivocada. Este no es problema. —Él volvió a concentrarse en Reagan, evitando totalmente a Aiden.

Reagan se sentó al lado de Lucas en el sofá al frente de su hermano y se acurrucó a su lado. Pasó una mano por su largo cabello y volvió a mirar al pedazo de mierda en frente de ella.

—Puedes ser doce años mayor que yo, Aiden, pero fuiste engañado por tu hermana de diecinueve años. —Sonrió y agarró el contrato en la mesa que estaba a su lado y lo sostuvo en el aire—. Este contrato que acabas de firmar me da el control de Lynch Land Developments. También me entrega todas las acciones y las propiedades familiares, incluyendo esta hermosa cabaña vacacional —dijo Reagan mirando a su alrededor y luego enfocando sus ojos de nuevo en su hermano. Mantuvo la mirada, sintiéndose completamente insensible por dentro. El amor y el respeto que le tenía ahora eran inexistentes. Él la había traicionado de la manera más malvada posible y ella se aseguraría de dejarlo sin nada. Ni un maldito centavo. Sabía que esto era lo que más lo lastimaría, pues dependía del poder, del estatus y del dinero. Él siempre alardeaba como si fuera alguien importante. Ahora que no tendría ni un centavo... ni siquiera un lugar al cual llamar hogar, sabía que esto lo destruiría. Estudió su cara. Su boca se deformaba, sus ojos se tornaron tormentosos y oscuros mientras procesaban lo que acababa de decir.

Aiden intentó levantarse, enojado, y Frankie lo sentó en su asiento. Reagan vio cómo él colocaba sus manos en puños.

—¡No! —gritó como si estuviera dolorido—. ¿Por qué harías esto? Es todo lo que mi abuelo y mi padre construyeron, y trabajaron muy duro por eso. ¡Tú no mereces nada!

Reagan se rio.

—¿Por qué? ¿Hablas en serio? —Cerró los ojos para

calmar su molestia y luego los abrió—. Aiden, esto nunca te habría sucedido. Verás, esto fue una prueba y tú fallaste. Esto es tu culpa, ¡no la mía! —dijo con ira mientras escupía sus palabras.

Los rasgos de Aiden se llenaron de confusión una vez más.

—¿Una prueba? —preguntó dudando.

Reagan respiró hondo.

—Sí, ¡una maldita prueba! Cuando supe meses después del accidente automovilístico que todo... las propiedades, el imperio de papá y todos los bienes, se nos otorgaron a *ambos*, yo no podía creerlo —pausó—. Sin embargo, estaba muy confundida porque mi querido hermano me había explicado que todo se lo habían dejado a él. Que él era el verdadero heredero del imperio de su padre y que él iba a cuidar a su hermanastra siempre y cuando yo fuera una buena chica. ¡Yo te creí! —Volvió a pasar una mano por el cabello de Lucas—Demonios, ¡debí haber escuchado a mi madre!

—¡Tu madre era una maldita interesada! —gritó Aiden frustrado.

Con un movimiento rápido, Reagan saltó del sofá y dio dos pasos hacia su hermano, abofeteándolo en la cara y dejando una marca roja en su mejilla.

—¡No te atrevas a hablar de mi madre, maldito! —gruñó y comenzó a caminar por la habitación—. Cuando me mostraron la prueba de la manipulación del testamento, todo lo que quise hacer fue confrontarte con la verdad. —Reagan se movía de un lado al otro y luego se arrodilló en frente de él. Sus ojos se entrecerraron mientras miraba sus ojos verdes. —Oh, hermano, yo sabía que tú eras un hijo de perra ambicioso, pero nunca, nunca hubiera pensado que caerías tan bajo. Verás, cuando descubrí que no había forma de rectificar la manipulación del testamento, a Lucas se le ocurrió un plan brillante. —Se levantó y caminó de regreso al sofá y le dio a Lucas un beso en la boca y se sentó a su lado—. Cuando Lucas me explicó que sabía que tú no me darías la mitad de lo que "te habían dado", él me ofreció ser parte del contrato para convencerme de una vez por todas lo bajo que caerías. Por supuesto, yo me reí de eso. Creí que estaba totalmente loco al pensar que tú harías algo así. Yo le dije, en ese momento, que no funcionaría porque a pesar de que mi hermano era ambicioso, no era un hijo de perra enfermo que vendería a su hermana en un negocio y obtendría un millón extra por su virginidad. —Pausó para respirar y prosiguió—. Demonios, estaba equivocada.

—Cariño, cálmate. —Lucas acarició su cabello.

La mano de Aiden los apuntó a los dos.

—¿Cuánto tiempo ha estado sucediendo esto? ¿Tú solo conociste a Reagan hace un par de meses?

—La madre de Reagan nos presentó cuando ella tenía diecisiete. Nosotros comenzamos nuestra relación romántica seis meses después del accidente automovilístico, cuando ella tenía dieciocho. —Lucas sonrió y luego besó la frente de Reagan—. Ella es la mejor cosa que me ha sucedido.

Reagan no pudo evitar reírse al mirar la cara de su hermano. Consternación total. Ella, finalmente, se levantó y caminó hacia el minibar.

—Por favor, infórmalo de los detalles jugosos.

Reagan se sirvió un vaso de agua y le echo un vistazo

rápido a su hermano. Merecía todo lo que le acababan de hacer y más. Aunque Aiden era su única familia en papel, Lucas era su refugio y lo había sido por los últimos catorce meses. Si no hubiera sido por él, ella no sabría ni dónde estaba.

CAPÍTULO 9

Lucas se arrodilló y acercó su cara a la de Aiden. En una voz baja y amenazadora, le dijo:

—He esperado este día por mucho tiempo, Aiden. Por más de un maldito año. Yo podría tirar tu cuerpo sin vida a la policía de Los Ángeles ahora mismo y me podría ir impunemente, maldito enfermo —gruñó mientras le daba una última mirada—. Lo gracioso es que tu hermana no me dejaría. Ella cree que dejarte sin dinero es suficiente castigo, algo en lo que yo estoy en desacuerdo.

Lucas se levantó y exhaló con fuerza mientras miraba a Aiden y se preguntaba si el hombre tenía algún arrepentimiento. Él lo dudaba. Este comportamiento estaba en su naturaleza. Un hombre retorcido que no le importaba nadie o nada, solo él mismo. Al menos, Lucas estaba tranquilo de saber que esto se había acabado y Reagan, finalmente, iba a estar segura. Se sentó y cruzó una pierna sobre la otra poniéndose cómodo.

—Verás, mi padre, Rex, estaba muy enamorado de la

madre de Reagan. Él sabía que no podía tenerla porque ella era leal y amaba a tu padre. Cuando Carey vino a mi padre y a mí unos meses antes del trágico accidente, ella sabía que algo malo estaba sucediendo. No confiaba para nada en que tú fueras a cuidar de su hija si algo le sucediera. Incluso después de que tu padre, Sean, le asegurara que iban a proteger a Reagan. Desafortunadamente, el señor Lynch no pudo ver el comportamiento desviado de su hijo. —Lucas hizo una pausa mientras sacudía su cabeza—. El amor es tan ciego.

Aiden siseó con las palabras de Lucas.

—Púdrete —le lanzó.

Lucas lo ignoró y tomó el vaso que Reagan le ofreció y la miró sentarse a su lado.

—Carey sabía que tu padre había cambiado su testamento para incluir a Reagan. Y yo compartí esa información con Reagan poco después de que tú le mentiste a la única persona que tenías que proteger. Pero siendo la buena persona que es, Reagan quería darte el beneficio de la duda y ver lo que sucedería.

Reagan tomó un trago de su vaso mientras miraba a su hermano y dijo:

—Te observamos y mientras esperamos, nosotros nos enamoramos.

—¿Así que ustedes lo supieron por más de un año y no hicieron nada? —preguntó Aiden con una ceja levantada.

—Sí, Aiden. Se llama paciencia. Algo que nunca tendrás. —Lucas le guiñó el ojo—. Sabíamos que era cuestión de tiempo hasta que arruinaras el negocio. Una vez que lograras eso, solo sería necesario que mi padre y yo te ofreciéramos una oferta de compra que no pudieras rechazar.

Lucas se levantó y caminó detrás del sofá. Se acercó y masajeó los hombros de Reagan y agregó:

—Pero cuando accediste a darme a Reagan como regalo e, incluso, me ofreciste su virginidad, me sorprendiste. ¡Demonios! —Lucas sonrió y se echó a reír—. Cuando le dije, al principio ella no me creyó. Creo que era por la sorpresa y por tener que intentar aceptar que su hermano era un pedazo de mierda sin valor. Pero ella luego aceptó y accedió continuar con todo el engaño. Solo para ver el maldito patético que eras y comprobar si, de verdad, lo permitirías.

—¡Púdrete! Tú eres el enfermo por salir con ella y follar a una menor —gritó él.

Reagan se levantó y colocó una mano delicada en el brazo de Lucas.

—¿Puedo?

—Por supuesto. Adelante —dijo él, sentándose.

—Jesús, eres demasiado ignorante para alguien que se suponía tenía que manejar un imperio como el de nuestro padre. Yo me convertí en una adulta cuando cumplí dieciocho.

—¿Entonces lo de anoche fue un acto?

—Para nada. Yo era virgen. Lucas fue muy paciente el último año, y yo acepté seguir con el plan y le permití tomarme anoche por primera vez. Me gusta un poco duro. —dijo ella.

—Pero él te violó, Reagan. —El horror en su cara no tenía precio. Ella no podía creer que él, encima, estuviera intentando hacerse el tipo bueno. Respiró hondo y palmeó la parte de atrás de su cuello—. ¿Es en serio? Él no me violó. Fue un plan muy bien preparado y el hecho de que tú te sentaras en tu habitación mirando, incitándolo y masturbándote, eso es enfermo. ¡Eres una maldita escoria!

Aiden jugó con sus manos y luego miró a Reagan.

—Escucha, tengo la culpa de lo que hice, pero yo ni miré ni me masturbé. No sé de qué diablos estás hablando.

Reagan miró a Lucas y dijo:

—Me estoy cansando de esto. —Lucas asintió y Reagan le dio a Frankie la señal. Él agarró a Aiden por la parte de atrás de su camisa y lo sentó en otra silla donde esposó sus brazos a su espalda para que no se moviera. Luego sacó un control remoto de su bolsillo y presionó el botón. La pantalla en frente de ellos cobró vida. Solo nieve blanca aparecía en la pantalla.

—¿Quieres mantener esas palabras, Aiden? —preguntó ella una vez más. Él no dijo nada y solo miró la pantalla, estando aún shock. Un momento después vieron a una mujer entrar.Su suave y largo cabello negro fluía por su espalda. Ella tenía un abrigo negro impermeable y estiletos negros de varios centímetros. Reagan no podía contener su sonrisa mientras miraba el horror en la cara de su hermano.

—¿Quién diablos es ella? ¿Qué estás haciendo?

—Juguemos un juego, Aiden. Tú querías verme ser violada por Lucas. Querías masturbarte mientras veías que me lastimaban. ¿Qué tal si vemos a Lasinda divertirse un poco contigo?

CAPÍTULO 10

Un año atrás

Reagan se despertó de otra pesadilla jadeando e intentando respirar. Todo lo que podía ver era el auto de sus padres irse por el acantilado de montaña, con sus caras distorsionadas contra el vidrio pidiendo que alguien los salvara. Su cabello rubio estaba húmedo y algunos cabellos estaban pegados a su cara. Ella se obligó a calmarse respirando profundamente, justo como Lucas le había enseñado.

Reagan miró a Lucas que dormía en la silla al lado de su cama. La forma en que su brazo estaba estirado hacia ella le recordó la protección que él había jurado a su madre y a ella misma: siempre cuidarla y nunca dejarla sola. Ella tocó su cabeza y sintió la hinchazón que había aumentado.

. . .

Temprano, habían ido a montar a caballo. El suyo se había asustado y la lanzó con violencia, y ella se golpeó en la cabeza. Cuando Lucas intentó alcanzarla, se resbaló y cayó en el lodo, ensuciándose. Reagan amaba los pura sangre que Lucas tenía en su propiedad que estaba justo en las afueras de La Jolla. Durante la semana, este era el tiempo que disfrutaba con Lucas, mientras su hermano creía que ella estaba en la universidad o con sus amigos. Reagan siempre regresaba a su casa los viernes por la mañana y rogaba que su pesadilla terminara pronto.

Ella logró salir de la cama y notó lo sucio que estaba Lucas. Él, obviamente, no se había duchado y su cabello estaba con pedazos gruesos de lodo sólido. Reagan salió y arregló un baño para él, y se sentó en el borde de la bañera, pasando sus dedos por el agua mientras alcanzaba la temperatura adecuada cuando escuchó que Lucas gritaba.

—¡Reagan! ¡Reagan!

Ella corrió del baño y lo vio yendo rápidamente hacia la puerta del pasillo. Sus ojos estaban frenéticos.

—Lucas, aquí estoy.

Él volteó su cabeza hacia el sonido de su voz. Avanzó con rapidez cortando la distancia entre ambos y luego tomó su cara con sus manos, besándola en la boca. Reagan estaba sorprendida por lo preocupado que estaba.

—Jesús, bebé, cuando me desperté y no estabas, pensé que algo había sucedido. —El tono de su voz revelaba su preocupación y antes de que pudiera descifrar la locura en sus ojos, él la jaló con fuerza a sus brazos.

—Está bien, Lucas. Estoy bien —murmuró ella, deslizando su mano por su espalda y apoyándose en él. Mientras reposaba su mejilla en su pecho, él encogió sus hombros y su aliento caliente pasó por su cabello. Ella se alejó y lo miró—. Te preparé un baño caliente. —Intentó pasar sus dedos por su cabello duro, pero no pudo, y sonrió—. Necesitas uno de inmediato. —Vio cómo una sonrisa apareció en sus labios y la besó de nuevo—. Vamos grandote, ve a la bañera. —le dijo mientras cerraba el grifo del agua. Él se quedó ahí parado por un momento, respirando y mirándola.

—¿Qué? —preguntó ella sonriendo.

—Mi bata te queda bien.

Reagan podía ver la posesividad en sus ojos y eso le encantaba. Era de él y solo de él. En los últimos seis meses, después de haber perdido a sus padres, Lucas había estado ahí para ella, día y noche, si lo necesitaba. Al comienzo, solo estaba ahí, a su disposición, pero luego se convirtió en lujuria, y la atracción creció tan fuertemente que ya no podía negarla. Cuando cumplió dieciocho, hacía solo un mes, ellos no pudieron negar la química que tenían, pero no quisieron tener relaciones sexuales porque él era once años mayor, a pesar de que ella era ya no era menor de edad.

Reagan amaba el respeto que él le tenía y eso les permitió volverse más cercanos. Pero no había nada que los detuviera para tener un pequeño experimento divertido.

—Vamos. Entra. —dijo ella con firmeza.

—Yo usualmente no tomo baños. —Ella levantó una ceja.

—Bueno, hoy lo harás. —Reagan no le permitió protestar y procedió a desvestirlo, susurrando lo sucio que estaba. Segundos después, él estaba desnudo y entrando en el agua caliente. Un gruñido de placer se le escapó al sumergirse completamente; el caliente líquido lo tapó y ocasionalmente dejó ir el rígido control que, por lo general, usaba como una armadura. Después de unos momentos de placer, Lucas se sentó y Reagan estaba sonriéndole. Le regaló una gran sonrisa a cambio. No podría recordar la última vez que se había sentido tan bien sin tener sexo.

Reagan tomó el jabón y comenzó a enjabonarle su pecho, y luego su mano atrapó la de ella y la detuvo.

—Yo puedo hacerlo.

Ella se levantó y se quedó ahí parada con la cadera doblada. Sus cejas estaban juntas frunciendo el ceño y sus brazos estaban cruzados como si estuviera enojada.

—No tienes remedio, señor Ferris —dijo ella con una sonrisa.

Él sintió algo extraño en su garganta. Sus ojos castaños eran como el verano, llenos de bienvenidas, promesas y juventud. Cuando los miraba, parecía que su corazón oscuro e indomable estaba siendo bañado por la esperanza y por el brillante futuro que se les deparaba a ambos.

Lucas había vivido siempre tomando lo que deseaba de las mujeres según su propio sentido extraño del honor, y había salido satisfecho. Nunca había deseado la vida normal y con amor que la mayoría de las personas buscaban. Lucas siempre supo que eso no era para él, pero en el poco tiempo que había estado con Reagan… comprendió que ella lo había cambiado y se percató ahora de lo mucho que la necesitaba en su vida y no solo en su cama.

De repente, se sintió abrumado, feliz y esperanzado de

lo que vendría, incluso con la posibilidad de matrimonio e hijos. Todo su cuerpo se encendía cuando la imaginaba completamente desnuda acurrucada al lado del fuego en su cabaña. Dios mío, cómo deseaba eso. Hacerla sonreír y verla feliz como siempre lo había deseado. Respiró hondo y la realidad lo golpeó. Desafortunadamente, esos pensamientos tendrían que quedar a un lado por el momento.

Acababa de contarle a Reagan, hacía una semana, sobre su hermano y la adulteración del testamento de su padre. No lo creyó al comienzo y se rehusaba a la idea de que su hermano hiciera algo tan extremo. Y quedó muy perturbada por eso. Amaba a Aiden como a un hermano de sangre y no podía procesar que la hubiera traicionado de esa forma. Lucas, finalmente, no tuvo opción y le dijo lo que su madre Carey había presentado.

—¿Pero por qué ella no me dijo sus sospechas? —lloró Reagan, claramente perturbada. Lucas agarró sus manos temblorosas y las sostuvo entre las suyas.

—Reagan, ella no quería que te preocuparas sobre esto. Por tal razón, yo llegué a tu vida. Nadie sabía antes con seguridad si esto era lo que él había planeado hacer, y tu madre sabía que tú amabas a Aiden como si fuera tu hermano de sangre. Pero ahora las cosas han cambiado, y estoy aquí para quitarte esta carga, para hacer lo correcto. Te juré a ti y a tu madre que no permitiría que te lastimara o que tomara lo que te pertenecía por derecho, y cuando yo hago una promesa, me aseguro de cumplirla. —Besó su frente y en ese momento su lazo se selló como si estuvieran hechos el uno para el otro. Cada uno se convirtió en el propósito en la vida del otro.

Le tomó a Reagan una semana aceptar la situación. Lucas pudo ver que el lamentable episodio la endureció,

endureció su piel, y luego, la semana siguiente, fue a preguntarle a Lucas: "¿Qué hacemos?".Lucas le explicó que tenían que ser pacientes y esperar a que Aiden cometiera un error. Ambos sabían que él lo haría eventualmente, sin embargo, no sabían cuánto demoraría. Lucas odiaba que Reagan tuviera que vivir bajo el mismo techo que Aiden, jugando su juego, haciéndola pasear delante de socios de negocios como una distracción. Lucas quería deshacerse de él en ese momento, pero Reagan le aseguró que ella podía manejarlo.Y lo hizo. Ella lo hizo a la perfección.

CAPÍTULO 11

Seis meses habían pasado desde que Lucas le había informado a Reagan lo desviado que era en realidad su hermanastro. Mientras el tiempo pasó y ella le hacía creer que solo podía confiar en él, su verdadero ser comenzó a evolucionar lentamente en el monstruo que siempre había mantenido escondido de sí misma y del resto de su familia.

Estaba muy agradecida de que su madre hubiera tenido tan buena intuición sobre Aiden o, de lo contrario, estaría jodida. También gracias a Carey, conoció a Lucas y ya no estaría sola. Su relación crecía lentamente con un fuerte lazo que nadie podría romper. Como Lucas le había dicho, "Paciencia, cariño, él lo arruinará. Solo es cuestión de tiempo". Y tenía razón.

Aiden, poco a poco, comenzó a hacer los peores tratos. Comenzó a comprar propiedades por millones que no podían ser desarrolladas, y luego tenía que venderlas con pérdidas. Comenzó a gastar más de lo que podía. Ellos sabían que no tendrían que esperar mucho hasta que

Lucas y Rex se acercaran con una oferta de compra que no pudiera rechazar.

Reagan intentó sacar a Aiden de sus propios pensamientos y, en cambio, se puso a pensar en lo mucho que ansiaba su próximo fin de semana. Había arreglado para pasarlo con Lucas en Suiza, aunque le había dicho a su hermano que se estaría quedando con sus amigas. Cuando estaba empacando el resto de sus cosas para asegurarse que todo estuviera listo a primera hora de la mañana, se volteó al escuchar que alguien tocaba la puerta, y vio que Aiden entraba. Había confusión en su cara.

—¿Qué diablos es esto? —gruñó él con una ceja levantada y atravesando la habitación con rapidez hasta estar en frente de ella. Reagan colocó el último vestido en su maleta.

—Me voy por el fin de semana. ¿No lo recuerdas?

Ella vio que colocaba una palma en su cara y sacudía la cabeza.

—¿Qué voy a hacer contigo? ¿Huh? —Su mano la alcanzó y revisó la ropa que estaba ordenada en su maleta de fin de semana—. Tú ya estás comprometida con otras prioridades este fin de semana, hermanita. —Sus palabras salieron de su boca como veneno.Reagan intentó controlar sus manos que habían comenzado a temblar y las escondió rápidamente detrás de su espalda.

—¿De qué estás hablando, Aiden?

Aiden agarró un poco de su cabello y lo acercó a su nariz para oler su aroma.

—Le prometí al señor Whithmore que pasarías el fin de semana con él y eso es exactamente lo que harás.

Reagan se quedó ahí parada viendo a su hermano en shock.

—¿Es en serio? Él tiene casi ochenta años. Yo no soy un juguete que puedes alquilar cuando te parezca necesario, Aiden. ¡Soy tu maldita hermana! — le dijo, furiosa, mientras las palabras pasaban por su lengua. Sus ojos azules brillaron con maldad y todo lo que vio fueron esas gemas malvadas mirándola. Ella sabía que lo había llevado al límite con su desafío. Pero, demonios, se estaba cansando de esto.

Su mano se movió tan rápido que no pudo verla. Sus dedos presionaron su garganta, y la empujó a la pared. Las manos de ella intentaron agarrar la de mano él, pero era mucho más fuerte. La cabeza de Reagan golpeó la pared con un duro golpe. Por un segundo, él la miró antes de que su otra mano apareciera y la golpeara haciéndola ver puntitos blancos.

—Las cosas están cambiando, hermanita. —Sus palabras se alargaron en "hermanita" como si no creyera en eso—. Si te pido que muevas tu pequeño trasero de zorra durante una reunión de negocios, lo harás. Si te pido que entretengas a un socio de negocios por el fin de semana, lo harás. —Pausó y soltó el agarre en su cuello, luego tomó su barbilla, su cara estaba a centímetros de la de ella —. Reagan, bebé, te amo. Eres mi hermana pequeña. Yo nunca permitiría que te lastimaran, pero tú sabes que esto beneficiará el negocio de la familia. Nuestro negocio — enfatizó él, y luego la besó en los labios. Aiden finalmente la liberó y comenzó a alejarse, mientras Reagan quería retomar el control sobre su cuerpo tembloroso. Él mirando por encima de su hombro le dijo:

—Cancelaré este fin de semana. Le diré que estás enferma o algo así. Te salvas esta vez, hermanita, pero la próxima espero que seas completamente cooperativa.

Reagan lo miró con incredulidad mientras la puerta se cerraba, y luego cayó al piso y acercó sus rodillas a su pecho. Se rehusaba a llorar. ¡Él no iba a ganar, maldición! Tocó su mejilla, que estaba temblando, y luego se levantó. Cerró su maleta y susurró su mantra: "Eres fuerte. Puedes hacer esto. Vas a ganar".

Reagan llegó un poco antes del mediodía ese sábado. Después de acomodarse, se hizo un chocolate caliente y se sentó en la sala de estar a ver la televisión hasta que Lucas llegara. Él le dijo que llegaría un poco tarde por otros negocios. Ella intentó una y otra vez esconder con maquillaje el ligero moretón que se había formado en su mejilla derecha, pero no pudo, era muy visible.

La puerta se cerró, y vio a Lucas avanzar con rapidez por el piso de madera para atraparla en un abrazo abrumador. Él acarició la nariz en la curva de su cuello y le susurró:

—Demonios, te extrañé. No me gusta que ya no estés conmigo durante la semana. —La soltó para poder verla. Aunque intentó forzar una sonrisa, en vez de eso bajó su cabeza y sintió que las lágrimas comenzaban a acumularse en sus ojos. Lucas le levantó la barbilla con gentileza con su dedo y la forzó a voltear su cara para poder mirar su mejilla. Ella lo miró a los ojos y vio que estaban llenos de furia.

—Hey, estoy bien —dijo con una voz tranquilizadora — Solo fue un malentendido.

Lucas pasó una mano por su cabello y retrocedió un paso.

—Claro que no está bien. Te lo juro, ¡voy a matar a ese maldito si te vuelve a tocar! —Reagan lo alcanzó y lo agarró por la cintura trayendo su pecho hacia ella— Va a terminar pronto. Él va a recibir lo que merece —repuso ella, parada de puntillas para alcanzar su boca. Lo besó profundamente, saboreando su calidez y luego lo soltó—. Te necesito, Lucas. Te necesito ahora.

Lucas frunció el ceño, mirándola y luego sacudió la cabeza.

—Dijimos que esperaríamos, Reagan.

—Lo sé, pero no puedo esperar más —respondió ella, casi rogando y él agarró su cara con sus largas manos.

—Puedes hacerlo, Reagan y lo haremos —dijo Lucas con voz severa— ¿Estás segura de que estás bien?

—Estoy bien, Lucas. —Caminó y se sentó en el sofá.

—Déjame ir a tomar una ducha rápida. Te prometí que te llevaría de compras. —Sonrió y se dirigió por la escalera hasta el segundo nivel.

Ella vio la pantalla pensando en el último encuentro que habían compartido. Fue tan intenso que, de solo pensarlo, comenzaba a sentir un hormigueo. Él la había besado y la había tocado afuera, a plena luz del día cuando realizaron un picnic privado. Cualquiera pudo haberlos visto. Reagan imaginó a un hombre que los había observado, y que se sentó ahí, mirando cómo Lucas la llevaba al orgasmo. Ella no podía evitar imaginar al hombre poniéndose duro mientras la escuchaba gemir cuando Lucas estaba chupándosela. Pensar en eso la excitaba, y aumentaba las sensaciones que la estaban asaltando.

Reagan nunca pensó que la excitaría tanto que la miraran y que pudiera disfrutar que se la chuparan en un espacio público. Cuando Lucas la había excitado tanto y la había obligado a rogarle que le chupara la vagina, ella no pudo controlar sus ruidosos gemidos, a pesar de que sabía que ese hombre los estaba observando y podía escucharlos. El orgasmo que tuvo fue tan intenso que pensó que había perdido la conciencia por unos minutos, porque cuando se dio cuenta, estaba de rodillas mientras Lucas follaba su boca como un loco. Ella recordaba la primera vez que habían tenido un juego previo. Había sido aterrador. Su gran pene le cortaba su respiración, sin embargo ella luego se percató de que lo amaba hasta el punto de desearlo. Con Lucas, encontró que una parte sexual de ella había florecido y él estaba nutriéndola. Saboreaba su sabor viril y masculino, tanto como el poder que sentía con sus penetraciones.

Reagan sacudió su cabeza para salir de sus propios pensamientos al escuchar a Lucas bajar por la escalera. "Jesús, contrólate", pensó.

CAPÍTULO 12

Después de tres horas de compras, los pies de Reagan estaban doloridos. Ella y Lucas se sentaron en el patio de una cafetería y pastelería, pintoresca y colorida, llamada Confiserie Beschle an der Aeschenvorstadt. Reagan no sabía cómo pronunciarlo, pero su café expreso era perfecto y sus pasteles valían la pena.

—¿Entonces, has pensado más sobre mi idea sobre Aiden?

Lucas tomó un sorbo de su café antes de sentarse y la miró pensativo. Sabía que él había pensado en eso, pero no estaba segura en qué particularmente. Había expresado sus preocupaciones ya que Aiden era un hijo de perra y esto podría no salirles como querían.

—¿Has considerado que, posiblemente, el maldito enfermo pueda salirse con la suya, Reagan?

—Lo he hecho —dijo con un suspiro—. Especialmente desde que Aiden fue el que me ofreció a ti en primer lugar. Eso sería prostituirme y es horrible, pero ¿qué tan bajo puede caer? —Aunque la enfermaba tener que preguntárselo, tenía que asegurarse. Lucas tenía un plan que lo iba a dejar prácticamente en la calle, y Reagan tenía que saber si él lo merecía totalmente.

—De acuerdo —respondió Lucas con tristeza. Reagan sospechaba que él estaba desanimado porque, hasta ahora, sus instintos sobre Aiden habían sido correctos. Él estaba seguro de que Aiden aceptaría lo que él quisiera, siempre y cuando hubiera suficiente dinero de por medio—. Tú trabaja en eso y yo trabajaré en el contrato.

—¿Te molesta? Digo, ¿hacerlo de esa forma por primera vez?

Lucas parecía pensativo mientras tomaba otro trago de su taza. Luego sus ojos se enfocaron en los de ella.

—Tú sabes cuánto te deseo. No puedo esperar a estar dentro de ti. Va a ser mi propio cielo personal, estoy seguro. Pero de la forma en que lo estás planeando... sabes que si solo fuéramos tú y yo entonces podrías tenerlo cuando quisieras y como quisieras. Pero la idea de que él esté mirándonos... me enferma.

Ella estiró su mano y cubrió su mano.

—Lo sé. También me enferma, pero hay una oportunidad de que solo su corazón sea negro y no su alma. Existe la posibilidad de que él diga que no y yo no voy a saberlo hasta que lo hagamos.

Lucas volteó su mano y apretó la de ella. Sus ojos azul intenso se clavaron en Reagan mostrando preocupación cuando habló.

—No creo que haya oportunidad de eso. Creo que él es el diablo en persona. No hay límites en lo que haría para obtener lo que quiere y no tiene conciencia de nada.

Reagan sintió un escalofrío al escuchar el tono de

Lucas. Ella sabía que él tenía razón, especialmente juzgando por los últimos seis meses. Pero una pizca de esperanza le quedaba porque había crecido adorando a Aiden. ¿Cómo podría un hombre que ella había conocido y amado desde que era solo una niña pequeña considerar entregarla para ser violada por un hombre que ella ni conocía? No podía creer totalmente que él aceptara eso. Reagan, especialmente, no quería ni imaginar la posibilidad de que él se masturbara observándolos. Sin embargo, sí podía imaginarlo, en el fondo, de lo contrario ella no estaría creando esta "prueba" para él. No era una persona muy religiosa, pero cada noche rezaba para que, de alguna forma, ella y Lucas, e incluso su madre, estuvieran equivocados. Reagan podía aceptar que él fuera ambicioso y un mal hombre de negocios... pero ser malvado era una historia completamente diferente.

Reagan se recordó que estas eran sus vacaciones y estaba gastando demasiada energía pensando en Aiden. Contó las líneas en la mano de Lucas y con una sonrisa traviesa le susurró:

—¿Dijiste que teníamos una bañera caliente en nuestro balcón?

El comportamiento de Lucas cambió. Sonrió.

—Sí lo dije, Reagan.

Una hora después, Reagan salió al balcón vestida con un traje de baño Kiini. Unos triángulos pequeños cubrían sus senos y se podía ver ligeramente sus pezones a través de la delgada tela. La parte inferior en forma de V acentuaba sus curvas y sus muslos. Lucas estaba en el bar haciendo unos tragos y cuando se volteó y la miró, casi se le caen los vasos.

—Jesús, mujer, un día de estos me vas a dar un infarto.

Reagan sonrió.

—¿Te gusta mi nuevo traje?

Lucas tragó.

—Claro que sí.

—Gracias —dijo ella con una sonrisa—. También me gusta el tuyo.

Lucas tenía un traje de baño azul y se había quitado su camiseta antes de que Reagan viniera. A él le gustaba ejercitarse. No lo hacía para tener un cuerpo duro, sino por la paz mental que recibía. Su cuerpo duro era un bono extra, pensaba él, cuando vio que hacía que una chica sexy de diecinueve años lo viera como si quisiera devorarlo. Lucas le dio la soda con lima que ella había pedido y le preguntó:

—¿Vamos? —Ella tomó un trago de su bebida.

—Sí.

Lucas colocó su mano libre en su espalda mientras ella colocaba un pie en la cubierta del jacuzzi. Él utilizó sus manos para guiarla a dar el primer paso y, una vez que estuvo dentro del agua, entró después de ella. Reagan se sentó en la banca que estaba alrededor del interior de la bañera y Lucas se sentó a su lado. El agua caliente y las burbujas se sentían increíblemente bien y el suave aroma a lavanda llenaba los sentidos mientras Reagan se acurrucaba a su lado. Él colocó su brazo a su alrededor y se sentaron a relajarse por un minuto, disfrutando la compañía del otro y olvidándose de las preocupaciones del mundo.

Cuando Lucas terminó su bebida, colocó su vaso a un lado de la bañera. Reagan se alejó de él y se estiró para colocar el suyo. Fue un gesto inocente, pero fue uno que le hizo tener una carpa instantánea a Lucas en su pantaloncillo. El traje de baño de Reagan no era transparente, pero sus pezones se habían puesto erectos por el frío y eran tan visibles que él, incluso, podía ver los pequeños bultos con sus areolas. Él se lamió los labios mientras pensaba en chuparlas con su boca. Luego sus ojos fueron hacia la V entre sus largas y sexys piernas.

El traje se le había adherido una vez que estuvo mojado y, prácticamente, revelaba cada centímetro de su suave y afeitada vagina. Ella dejó el vaso y luego regresó al agua. Lucas colocó su brazo a su alrededor y la jaló hacia él, y luego colocó su boca con la de ella en un beso largo y apasionado. Sus duros pezones estaban contra él, y él comenzó a jalarla más y más mientras sus lenguas exploraban sus bocas, amando la sensación de la piel con la suave tela.

Mientras se besaban, él dejó que sus dedos encontraran la tira que estaba amarrada en su cuello y la soltó. Escuchó que ella suspiraba cuando él encontró la otra e hizo lo mismo. Una vez que el traje estuvo suelto, él alcanzó y jaló la pequeña pieza de tela y la lanzó afuera. Se separó del beso y la miró a los ojos mientras ella jadeaba por un aliento mientras él comenzaba a acariciar uno de sus pezones.

Ella tembló mientras él pasaba sus dedos por los lados de sus senos y agarraba sus pezones erectos. Cuando sintió su boca en sus pezones, gimió y se echó hacia atrás. Su boca se movió por sus senos enviando fuego por sus venas.

Lucas se tomó su tiempo, besó cada centímetro de su cuerpo, con lentitud, tentándola, volviéndola loca con cada movimiento de su lengua.Ella intentó tocarlo. Reagan quería sentir su pene palpitante en sus manos. Quería tragarlo entero y sentir su chorro en el fondo de su garganta, pero él no la dejaría. Cuando ella fue a tocarlo, él se alejó. Cuando ella le pidió que la dejara chupárselo, él dijo que no. Él le entregó todo, usó su cuerpo y le susurró palabras y no recibió nada.

—Échate en mis brazos. —Su voz era profunda y dominante y ella hizo exactamente lo que él le pidió. Él tenía una mano en su espalda y la otra en su trasero, apretando esas nalgas increíbles. La sostuvo por unos segundos solo para observar su maravilloso cuerpo. Miró sus grandes senos, sus pezones grandes y de un rojo oscuro, su estómago plano y una pequeña tira de tela que había sido empujada a un lado, mientras ella estaba ahí, dejando expuestos sus labios hinchados. Soltó un pequeño grito, sorprendida, cuando la levantó fuera del agua y la colocó en la cubierta.

Para cuando él le abrió las piernas, ella ya estaba retorciéndose debajo de él, jadeando, necesitada. Lucas bajó su cuerpo hasta que su cara quedó entre sus piernas.

—Oh, Dios mío, Lucas. Sí...

Él colocó toda su boca sobre ella y la violó con su lengua. El cuerpo de Reagan tembló mientras él chupaba la piel suave de sus muslos internos y tocaba sus labios con la punta de su lengua. La humedad salía de su vagina y caía por sus nalgas. Lucas hizo sonidos suaves mientras lamía sus jugos, bebiéndolos y ahogándose en ellos.

—Me encanta tu sabor, Reagan. Quiero lamerte por horas.

Todo su cuerpo vibró en deseo mientras él la tocaba y la besaba en todos lados menos en el lugar en donde ella quería su boca con desesperación. Ella movía sus caderas de un lado a otro, buscando el contacto, necesitándolo. Estaba tan excitada que cuando, finalmente, él deslizó su lengua entre sus labios húmedos y tocó su clítoris, ella enloqueció. Él se quedó con ella hasta que el orgasmo terminó, con su lengua encima de ella. Él gruñó en su piel caliente y apretó sus muslos con sus manos. Cuando ella se calmó, la volvió a calentar de nuevo. Y de nuevo. Él la hizo correrse una y otra vez hasta que no pudo más y le rogó que se detuviera.

Levantando su cabeza, él le sonrió. Las nubes tormentosas en sus ojos se habían ido. La tensión que siempre estaba en las líneas de su cara había desaparecido. Todo lo que quedaba era calma, una destilación de Lucas. Era como si, finalmente, pudiera ver a través de la bruma y solo verlo a él.

Mientras Lucas se levantaba y tomaba su cuerpo flácido en sus brazos, Reagan suspiró, exhausta y temblorosa. No había error, Lucas la amaba. Sus sentimientos eran totalmente claros. Cuando él la tocaba, sus dedos enviaban una sensación de amor a su piel. Su afecto y juego previo desinteresado aumentaron ese amor hasta que estuvo tejido en todo su ser, alrededor de su corazón y en su interior. Lo sentía con cada respiración, con cada latido. Parecía eliminar todo el autodesprecio, la vergüenza y la culpa que se había acumulado dentro de ella. Este hombre la amaba.

Se sintió en paz cuando cerró los ojos y se perdió en el olvido.

CAPÍTULO 13

Cuando Lucas y Reagan regresaron de Suiza, ella encontró que cada tarea que Aiden le "había asignado" era cada vez más desagradable y difícil. Afortunadamente, no le había pedido pasar tiempo a solas con ninguno de sus clientes... todavía, pero ella notó que algo había cambiado en la forma en que la miraba. Era como si se hubiera dado cuenta de que colocar los aperitivos en frente de sus socios de negocios era suficiente para atraerlos... pero no demasiado como para mantenerlos enganchados por un largo período de tiempo. Reagan había notado que la observaba y casi podía ver los mecanismos de su pensamiento. La idea de que su propio hermano la vendiera a alguien era suficiente para enfermarse. Si no fuera por los momentos robados con Lucas, hubiera enloquecido.

Cada momento que tenía con Aiden era sobre tener que pavonearse en una reunión para que hombres viejos y ricos la miraran, pero ella, en realidad, estaba haciendo planes y conspirando contra él. Cuando presentó la idea de que Lucas le dijera a Aiden que quería a Reagan por veinticuatro horas, Lucas la rechazó y se rehusó totalmente a llevarla a cabo. No obstante, comenzó a aceptar el plan cada vez que hablaban de las cosas que Aiden esperaba de Reagan, cuando cada tarea se acercaba más a la prostitución que la anterior.

Reagan fue descubriendo que a ella le gustaba ser dominada. Aunque la idea de que Lucas fuera uno de los posibles "extraños" a los que Aiden la entregaría para que la violaran y tomaran su virginidad la asustara y la asqueara… la idea de planear todo el asunto con Lucas la excitaba. Ella, a veces, se acostaba en la cama por la noche pensando en esa posesión y usaba sus dedos para llegar al orgasmo. A menudo hablaba con Lucas por teléfono sobre eso, mientras planeaban todo e iban de planear la caída de Aiden a una conversación telefónica completamente sexual.

Era sumamente caliente y a Reagan le encantaba, pero descubrió que la paciencia que había demostrado hasta ahora estaba desapareciendo. Verdaderamente quería estar con Lucas y verlo cuando quisiera, odiaba los encuentros a escondidas y, sobre todo, odiaba que Aiden controlara cada aspecto de su vida.

Fue un martes por la noche cuando Aiden había coreografiado la "entrada por accidente" a la reunión en la oficina entre él, Lucas y su padre, Rex. Lucas finalmente llamó a Reagan y le dijo que se reuniría con Aiden la mañana siguiente para almorzar en la casa, pues su padre y él habían acordado con Aiden la cantidad a pagar del contrato, pero que él quería verlo en un lugar privado para discutir el "bono" del que habían conversado.

Reagan estaba muy deprimida por el negocio, algo de

lo que había estado muy orgulloso su padrastro y por una buena razón. Él lo había construido de la nada con la intención de que sus hijos y nietos disfrutaran los beneficios en las próximas décadas. Con hijos se refería también a Reagan y eso le daba calidez a su corazón. Pero si el negocio tenía que ser vendido, ella estaría feliz de que Lucas y su padre fueran sus socios. Ambos eran brillantes, buenos hombres y sabía que la ayudarían a alcanzar nuevos horizontes.

Reagan suspiró al saber que todo estaba por terminar. Pronto sabría si Aiden era Satán en persona o si era el hermano que siempre había amado. Quizás no se había dado cuenta de que las cosas ya habían ido muy lejos. Lo que Lucas iba a proponerle haría que la cabeza de la mayoría de los hermanos explotara, incluso podría colocar a un hermano "normal" en una rabia homicida. Reagan no estaba preocupada por Lucas en el caso de que eso sucediera, porque sabía que él era más que capaz de manejarlo. Solo rezaba porque Aiden fuera en esa dirección y no en la otra.

El miércoles por la mañana, cuando bajó de la habitación por su desayuno, ella encontró a Aiden bebiendo su café y leyendo el periódico. Él la miró cuando entró en la cocina y sonrió… y luego pasó sus ojos por su cuerpo lentamente, como si estuviera imaginándola sin los jeans y la blusa que estaba usando. Reagan le dio la espalda para servirse café, pero no pudo evitar el estremecimiento que la recorrió por la columna. Había encontrado a Aiden mirándola de esa forma un par de veces antes, pero se había convencido de que esas veces él estaba pensando en algo más y ella se entrometió en el camino. La sola idea de que él estaba pensando en tocarla o hacerle cosas le provocaba vomitar. ¿Quién era este hombre y cómo pudo esconder sus verdaderos impulsos tanto tiempo? Para cuando se sirvió su café, Reagan ya había logrado calmarse lo suficiente para ir a sentarse a la mesa ubicándose al frente de su hermano y con una sonrisa en su cara.

—Buenos días, —dijo ella y miró la gran ventana al lado de la mesa— es un día precioso ahí afuera.

—Sí, es cierto. —Aiden sonrió, pasando su lengua por su labio inferior. Reagan casi movió su labio en asco, pero se contuvo y mantuvo su sonrisa— ¿Por qué no pasas un rato en los jardines y disfrutas del día?

Ella tomó un trago de su café e intentó parecer sorprendida.

—¿No me necesitas hoy en la oficina?

—No voy a ir a la oficina hoy.

Reagan tomó del mostrador, que estaba cerca de la mesa, el traje de negocios, la corbata y el maletín que siempre llevaba al trabajo.

—Oh, ¿vas a tomarte el día libre?

—No y tú tampoco. Te quiero fuera de aquí, a menos que te llame, pero no vayas lejos en caso de que te necesite. Me voy a reunir de nuevo con Lucas Ferris, esta vez él y yo solos. Él pidió esta reunión privada y tengo el presentimiento de que me va a ofrecer un trato que no puedo rechazar.

—Oh, bueno. Eso es bueno. ¿Qué tipo de trato es?

Aiden la miró con desdén.

—Son cosas complicadas de negocios que nunca comprenderías.

Reagan casi voltea los ojos. Durante el año que había pasado, Lucas le había estado enseñando negocios y cómo leer y comprender contratos, porque quería que nadie volviera a aprovecharse de ella de la forma en que lo había hecho Aiden con el testamento de su padre. Además, si su plan salía de la forma que Lucas sabía que saldría y de la forma que Reagan esperaba que no sucediera, ella sería la única a cargo del negocio de la familia.

—De acuerdo —asintió ella en lo que parecía una sonrisa dulce y despistada—. Será lindo pasar algo de tiempo afuera tomando sol.

Después del desayuno, Reagan se cambió a unos shorts y una camiseta y se dirigió al jardín de rosas en la parte trasera de la propiedad, con su iPod, un gran sombrero y un par de guantes. Ella fue al cobertizo y sacó una caja de herramientas de jardinería y las llevó por el camino que siempre le había recordado a algo salido de un cuento de hadas, la forma en que las rosas de múltiples colores crecían alrededor de ese camino de adoquines. Pasó la primera hora recortando plantas y para cuando fue a tomar un descanso y beber agua, se dio cuenta de que podía escuchar voces de hombres. Miró hacia la mansión y vio que las puertas de vidrio entre la terraza y la sala de estar principal estaban abiertas. La cortina estaba cerrada y detrás de ella, podía ver una silueta larga. Era Lucas y solo ver su sombra la hizo babear. Él debió de haberle pedido a Aiden que abriera las puertas o las debió haber abierto él mismo para que Reagan pudiera escuchar lo que estaban diciendo adentro. Aunque no podía escuchar las palabras con claridad desde donde estaba, el tono de sus voces le dijo que estaban teniendo algún tipo de desacuerdo. Reagan se preguntaba si Lucas le había hecho la propuesta y la voz de Aiden estaba tensa porque no le gustaba. Ella esperaba que ese fuera el caso.

Dejando las cosas donde estaban, regresó en silencio a

la casa y se paró en seco cuando el teléfono, que Aiden insistía que llevara siempre, comenzó a vibrar. Mirándolo, vio que él le había enviado un texto: "Entra por la puerta principal y ponte ese bikini blanco…rápido. Luego pasa por la sala dirigiéndote hacia la piscina. No te coloques nada sobre el traje".

Reagan sonrió. No parecía que Aiden estuviera negando lo que Lucas estaba proponiendo. Más bien parecía que él la estaba promocionando. Ella se quitó el sombrero y los guantes, los dejó a un lado en la terraza y fue por la puerta del frente. El guardaespaldas de Lucas, Frankie, estaba allí. Frankie era la única alma, además de ella y Lucas, que sabía sobre su año juntos y lo que habían planeado para hoy.

Reagan subió, se puso rápidamente el pequeño traje de baño y luego agarró una toalla blanca. Bajó por las escaleras y cuando estuvo por entrar a la habitación, escuchó la voz de su hermano: "Te mencioné que sus tetas son…" ¿Qué demonios? Cuando entró en la sala de estar, Lucas y Aiden dejaron de hablar. Aiden le estaba sonriendo con una sonrisa lujuriosa que le ponía la piel de gallina. Forzó una sonrisa y luego miró a Lucas. Él también estaba sonriendo, pero sus ojos estaban haciendo lo mejor que podían para reemplazar el frío que le había pasado por las venas cuando su hermano habló sobre sus tetas.

Ella le sonrió a Lucas y se apresuró, intentando con desesperación esconder la furia que fluía por sus venas. Llegó a la puerta de la terraza donde había estado momentos antes, cerró la puerta detrás de sí y caminó hacia la piscina, deteniéndose apenas estuvo fuera de vista. Fue en ese momento cuando escuchó a Aiden reír y decir: "Tres, no menos".

Reagan pensó que nunca había escuchado algo tan vil en la vida como el sonido de la voz de su hermano colocándole un precio a su dignidad. Ese bastardo, enfermo, codicioso, de verdad iba a hacerlo. Luego escuchó a Lucas lanzar su oferta: "Uno. Oferta final". Aiden luego dijo algo como, "De acuerdo, pero con algunas condiciones...", y ya para ese momento, Reagan estaba caminando rápidamente y alejándose.

Apenas llegó a la piscina, antes de cerrar la puerta cayó en uno de los sillones en shock. Se preguntó si era raro que no quisiera llorar, ahora que había escuchado todo de la boca de su hermano y con sus propios oídos. Simplemente se sintió aturdida al comienzo y, en unos minutos, sintió que el fuego que se había estado acumulando dentro de ella estalló y la consumió. No iba a llorar. Iba a usar ese fuego y la fuerza de los sentimientos de Lucas. Iba a arruinar a ese hijo de perra.

CAPÍTULO 14

ctualidad

Los ojos de Aiden fueron de la pantalla de televisión a la mujer sexy, pero aterradora que estaba parada a unos pasos de él. Intentó forcejear una vez más con las esposas que estaban en sus muñecas, pero era inútil. Sus ojos mostraban profundidades oscuras, siniestras, en su mirada esmeralda mientras observaba a Reagan y le gritaba.

—Detén esta mierda. Sabes que no tendrías nada si no fuera por mí.

Ella colocó una mano en su cintura y preguntó:

—¿Nada? ¿En serio? ¿No querrás decir que yo tendría la mitad de todo por lo que trabajó mi padrastro en su vida si no fuera por ti? Eres un hijo de perra ambicioso, ¿pero sabes qué, Aiden? Yo podría haber vivido con eso. Con lo que no puedo vivir es con que también seas un bastardo retorcido y enfermo. Y para empeorarlo todo, yo fui tu única defensora todo este tiempo.

Él comenzó a abrir la boca y Lucas le gritó.

—¡Cállate y presta atención!

Con una mirada casi derrotada, Aiden cerró la boca y miró la pantalla de la televisión. Lucas presionó un botón en el control remoto y apareció una imagen del estudio donde su padre solía tomar llamadas de negocio. Al principio, todo estaba calmado y lo único que podía verse era un escritorio de roble que el padre de Aiden había importado de Italia hacía décadas y detrás había un estante con libros. Luego se escuchó el sonido de una puerta abriéndose y cerrándose, y el sonido de una cerradura.

De repente, apareció Aiden caminando hacia la silla detrás del escritorio, se sentó en la gran silla de cuero y tenía una mirada y una expresión en la cara que hacían que Reagan quisiera vomitar. Él agarró el control remoto y presionó un botón. No se podía ver lo que estaba mirando, pero se podía escuchar cada palabra. Se podía escuchar a Reagan gritando el nombre de Aiden, rogándole que la ayudara. Podía escuchar la suave voz de Lucas diciéndole que su hermano había accedido a esto… que lo había ayudado a arreglarlo. Ella podía sentir que comenzaba a jadear mientras miraba la cara de Aiden en la pantalla. Reagan había visto el video antes, pero eso no hacía que fuera menos repulsivo verlo de nuevo.

—¡Apaga esto! —gritó Aiden como si estuviera en posición de ordenar algo.

—¡Cállate! —le gritó Lucas. Él alcanzó a Reagan que lo abrazó inmediatamente y la sostuvo con su cara en su pecho mientras Aiden miraba su propia derrota en la pantalla. Reagan se preguntaba si él estaría avergonzado, aunque lo dudaba, solo estaba molesto porque lo habían atrapado.

La próxima vez que intentó mirar hacía otro lado, Reagan asintió a la dominatrix que ella había escogido personalmente de entre cien candidatas. Lasinda soltó el abrigo que estaba usando. Debajo, ella estaba usando un traje de cuero negro, un corsé negro sin entrepierna, guantes negros… y unas sandalias sexys de tiras con tacones de quince centímetros. Su cuerpo era voluptuoso y su piel perfecta. Lasinda caminó con una gracia felina hacia Aiden y agarró su cara entre sus manos y lo forzó a mirar la pantalla.

—¿Qué demonios? ¿Quién es esta perra? —preguntó Aiden. Sus ojos estaban abiertos como los de un animal enjaulado.

Reagan vio que una de las largas uñas puntiagudas de Lasinda se enterró en la cara de su hermano. Sangre roja como sus uñas comenzó a salir lentamente mientras Aiden gritaba.

—¡Perra loca! ¿Qué demonios estás haciendo?

—Mi nombre es señora Lasinda y me vas a llamar así o no lo harás de ninguna forma.

—¡Púdrete!

Lasinda dejó que otra uña atravesara su piel y Aiden gritó. Lucas pausó la grabación en frente de ellos mientras Aiden gritaba, maldecía y se retorcía, intentando escapar. Cuando finalmente quedó exhausto y en una sumisión temporal, Lucas reprodujo de nuevo la grabación y la pantalla se llenó con la imagen asquerosa de Aiden desabrochando su pantalón y sacando su gran pene palpitante. Tenía una sonrisa enferma mientras miraba lo que él creía que era la violación de su hermana pequeña, y comenzó a manipular su pene lentamente con su mano, excitándose cada vez más cuando escuchaba que Reagan le pedía ayuda.

Lucas agarraba con fuerza a Reagan y él era el único impedimento en ese momento que evitaba que ella agarrara un abridor de cartas del escritorio y se lo clavara en los ojos a Aiden o en su cerebro.

Ellos lo forzaron a ver todo el video y una vez que Lucas lo apagó, la señora Lasinda soltó la cara de Aiden y él se volteó a mirar a su hermana. Había lágrimas recorriendo su cara mezclándose con la sangre de las heridas que le había hecho Lasinda. Reagan no era tonta como para creer que fueran lágrimas de arrepentimiento. Esas eran lágrimas por él y por lo que estaba a punto de perder por ser un sucio imbécil.

—La señora Lasinda va a divertirse ahora contigo —dijo Reagan mientras fruncía el ceño—. Será más fácil para ti si no te resistes.

—Reagan, no hagas esto. Esto es una locura. Sabes que te amo. Soy tu hermano... por favor...

Reagan no pudo aguantar más. Caminó hacia Aiden, llevó su brazo hacia atrás y lo abofeteó tan fuerte en la cara que su cabeza dio un giro.

—No vuelvas a llamarte mi hermano más nunca. Después de hoy no serás más que un maldito recuerdo para mí, uno que intentaré olvidar cada día. —Miró a Lasinda y le dijo: —Hazlo rogar. —Un segundo después, ella salió de la habitación, pero esperó a Lucas en la puerta. Lo escuchó acercarse a Aiden.

—Tú firmaste la venta de la compañía y todo va a ser para tu hermana, incluyendo el bono del millón de dólares. Así que cuando terminemos nuestro pequeño juego, ella y yo nos iremos para que puedas comenzar a pensar qué vas a hacer para conseguir dinero de ahora en adelante —añadió Lucas.

—¿De qué diablos estás hablando?

—El contrato, el que me daba veinticuatro horas para hacer lo que quisiera con Reagan. Dijiste que lo habías leído —dijo Lucas con una voz sorprendida y fingida—. No me digas que un astuto hombre de negocios como tú firmó algo que no había leído.

—¡Maldito! Esto no va a valer en la corte. No te saldrás con la tuya.

—Oh, creo que sí. Pero bueno, llévanos a la corte. Será gracioso decirle al juez que Reagan y yo hemos estado juntos un año completo sin que tú lo supieras y que habías pensado que estarías vendiendo a tu hermana a un hombre que quería violarla y luego irse. Oh, y luego le muestras la grabación de esa sonrisa enferma en tu cara mientras te masturbabas cuando todo sucedía, eso será muy divertido. Supongo que te veremos en la corte.

Mientras Lucas caminaba hacia Reagan, Aiden comenzó a gritar. Sonaba como un maníaco, pero eso fue hasta que la señora Lasinda le metió una bola amordazadora en la boca y detuvo el sonido. Todo lo que se podía escuchar al cerrar la puerta fueron jadeos y llantos. Una vez que la puerta quedó cerrada, Lucas deslizó su brazo alrededor de Reagan.

—¿Estás segura de que no quieres ver?

Ella sacudió su cabeza y él pareció aliviado.

—No. Pensé que querría hacerlo —dijo ella—. Pensé que querría ser casi tan enferma como mi hermano para que pagara todas las cosas que me hizo. Pero la verdad es que, a pesar de que sé que merece todo lo que ella le hará, no soy tan enferma como para mirar todo por mi venganza.

Lucas la besó en la frente.

—Tú no eres enferma. Él es el enfermo. Salgamos de aquí.

Aiden seguía intentando procesar lo que acababa de suceder cuando el guardaespaldas de Lucas, Frankie, entró en la habitación. La mujer de negro le susurró algo y con una sonrisa sádica, Frankie avanzó y le soltó las esposas que amarraban a Aiden a la silla. Aiden soltó un suspiro de alivio por un segundo, pensando que iba a ser liberado.

—Llévalo a la bodega de vinos.

Aiden, de repente, fue agarrado por el brazo con fuerza y sacado de la habitación. Cuando se dio cuenta de lo que sucedía, intentó pelear, pero Frankie era demasiado fuerte. Él lo agarró con firmeza y lo arrastró a la cocina donde estaba la puerta hacia la bodega de vinos que ya estaba abierta. Frankie luego, prácticamente, lo empujó por las escaleras hacia la oscuridad. Una vez llegaron hasta abajo, la luz se encendió e inundó la habitación. Aiden conocía esta cabaña de toda su vida, pero no reconocía la habitación que estaba ante él.

—Siéntete libre de gritar —dijo la mujer en un susurro áspero—. Nadie te puede escuchar.

—Esto es una locura...

Frankie lo golpeó a un lado de la cabeza y gruñó:

—Cierra la boca y escucha.

La habitación quedó en silencio, a excepción del

sonido de los tacones de la mujer contra el piso de madera pulida. Las paredes estaban paneleadas con madera oscura y los estantes de vino ya no estaban. La habitación estaba equipada con dispositivos bizarros y con lo que parecían ser muebles de tortura; y de una pared, colgaban látigos, flageladores, bastones y fustas. Aiden se enorgullecía de ser un conocedor del porno, así que él reconocía esto por lo que era... pero si él estaría en la escena del BDSM, hubiera sido con él como el dominador.

No iba a aceptar esto sin resistirse.

Frankie prácticamente lo cargó al gran sofá que estaba cerca de la pared y lo lanzó. Él saltó e intentó correr. Frankie lo atrapó en la escalera y lo forzó a regresar al sofá. La mujer ahora estaba sentada con las piernas cruzadas. Frankie retorció los brazos de Aiden detrás de su espalda y él podía sentir el sudor recorrer un lado de su cara.

Esto era una locura.

Una completa locura.

Aiden no podía creer que Reagan fuera parte de esto. ¿La conoció alguna vez? Pensó que era irónico, considerando que ella recién acababa de descubrirlo. Sin embargo, eso no hacía que esto dejara de ser una locura. Aiden se percató de que no había forma de que Frankie lo dejara irse y de que él estaba a la merced de esta mujer casi extasiada con la posibilidad de causarle dolor. Tragó el bulto en su garganta e intentó concentrarse en lo que iba a hacerle a Reagan cuando saliera de aquí y la tuviera en sus manos.

CAPÍTULO 15

Frankie agarró firmemente a Aiden y la mujer en el sofá comenzó a hablar.

—En esta habitación, tú me llamaras únicamente "señora". No vas a abrir tu boca, a menos que se te pida hablar. Vas a obedecer sin pensar. ¿Comprendes?

—Puedo pagarte el doble de lo que ellos te están pagando...

Frankie retorció su brazo con más fuerza y Aiden chilló de dolor mientras la mujer prosiguió.

—Estás haciendo que las cosas sean más difíciles para ti. Te daré otra oportunidad. Comprendiste tus instrucciones, ¿sí o no?

—Sí.

Ella suspiró, se levantó, fue hacia la pared y escogió lo que parecía ser un látigo usado en caballos. El cuerpo de Aiden se tensó un poco mientras Lasinda avanzaba hacia él, pero el considerar que ella pudiera usar el látigo en él no fue nada comparado al dolor que sintió cuando hizo contacto con su estómago. Era como un cuchillo caliente atravesando su piel. Gritó y comenzó a sollozar. Ella se paró en frente de él, esperando. Cuando él continuó llorando, rogando y denigrándose, ella levantó el látigo de nuevo.

—¡Lo siento! —gritó él.

—¿Por qué?

—Por no obedecer —dijo él, sin aliento—. Lo siento, señora. Por favor, no me golpee de nuevo.

Ella parecía estar considerándolo y luego le susurró:

—Ya que estás aprendiendo voy a permitírtelo solo esta vez.

—Gracias... —ella elevó una ceja perfecta y él añadió: —señora.

—Bien, ahora quítate la ropa y dóblala bien. No intentes huir porque Frankie te atrapará y yo haré que te arrepientas. ¿Comprendes?

—Sí, señora —respondió él.

Frankie lo soltó mientras él intentaba evitar pensar en el dolor y en una forma de escapar; se quitó prenda por prenda y luego las dobló.Cuando terminó, ella le ordenó:

—En la esquina, por los látigos, podrás encontrar unas esposas de muñecas y tobillos. Colócatelas y tráeme el collar.

—Maldición.

La palabra estaba en su boca, incluso antes de darse cuenta. Ella estaba detrás de él a dos pies de distancia y el golpe caliente del látigo fue tan rápido que él no lo sintió venir. Él gritó y fue hacia la esquina. Temblando, llorando y respirando agitadamente, agarró las esposas. Mientras se las colocaba, recordó a Lucas amarrando a Reagan a la cama, y luego se recordó a sí mismo agarrando su duro pene mientras lo miraba. Incluso ahora que intentaba simpatizar con alguien que no estaba ahí, su pene se endureció al recordarla ser humillada. Él estaba aliviado de que, al menos, la dominatrix no pudiera leerle la mente.

Aiden comenzó a regresar a ella y ella golpeó el suelo con el látigo y le dijo:

—Arrástrate, perra.

Con piernas temblorosas, Aiden se agachó en el frío piso y comenzó a gatear hasta donde estaba ella. Cuando llegó, se sentó en sus ancas y le entregó el suave collar de cuero con púas de metal.

Lasinda lo alcanzó y lo acarició con su mano como si fuera un perro, luego tomó el collar y se lo colocó en el cuello... un poco apretado. Estiró su mano, y Frankie colocó una larga correa de cuero que ella amarró al collar. Luego comenzó a caminar hacia la otra habitación que Aiden sabía que era un pequeño baño. La mujer jaló la correa que estaba amarrada a su collar y eso lo forzó a gatear detrás de ella o a ahorcarse. Él avanzó como un perro y cuando Lasinda abrió la puerta y encendió las luces, él pudo verse en un espejo de gran tamaño. Nunca había sido humillado tanto en su vida... o, al menos, eso pensaba. Él escuchó un sonido a su derecha y miró, y encontró a Frankie grabando todo.

—¿Qué diablos vas a hacer con ese video?

En vez de responderle, Frankie miró a la señora.

—Tienes una boca sucia, mi mascota, —sonrió ella— tendremos que hacer algo al respecto. Pero reservaremos eso para después. Recuerda lo que te dije, no hables sin mi permiso. ¿Comprendes?

—Sí, señora —su voz sonaba derrotada. Él deseaba que Reagan se hubiera quedado. Él pensó que podría disculparse y ella detendría esto. Pero si ella no estaba aquí… ¿quién sabía lo lejos que esta perra loca lo llevaría?

—¿Te gusta cómo te ves con una correa y de rodillas como el perro que eres? —preguntó ella elevando una ceja.

—Sí, señora —mintió él.

—Bien, porque si vas a actuar como un animal, entonces deberás ser tratado como uno. Vendiste a tu propia hermana al mayor postor. Esa es la cosa más asquerosa que haya escuchado, y yo he escuchado muchas cosas. Tienes que ser castigado por eso. Comprende que esto es por tu propio bien. ¿Comprendes, mi mascota?

—Sí, señora —dijo con una voz temblorosa.

—Bien.

Lasinda tomó su correa y lo llevó a lo que parecía una cruz de madera.

—Ponte de frente y extiende tus brazos. —Aiden hizo lo que se le ordenó y ella agarró con fuerza uno de sus brazos y ató su mano a una esposa de metal adjunta a la cruz. Él se resistió un poco mientras ella intentaba alcanzar la otra. Eso fue un error.

Lasinda llamó a Frankie y, mientras él casi le arrancaba el brazo a Aiden atándolo a la otra esposa, ella le dio otro latigazo en la espalda. Él estaba intentando no llorar, pero dolía demasiado. Estaba temblando y llorando, y era difícil no rogar. Se sentía como una niñita de diez años y estaba aterrorizado. Fue en ese momento que recordó la cara de terror que tenía Reagan cuando abrió los ojos y encontró a Lucas tocándola. Él seguía sin sentir tristeza, pero si sentía náuseas.

Aiden pudo escuchar el sonido de los tacones mientras Lasinda caminaba de un lado a otro detrás de él y Frankie aseguraba sus tobillos al suelo. Una vez que Frankie se alejó, él la escuchó caminar hasta al frente de donde estaba. Ella miró su entrepierna, su pene todavía suave y sonrió.

—Abre tu boca —dijo ella.

Apenas lo hizo, Lasinda le metió una mordaza como la que había usado arriba. Se atragantó mientras él la aseguraba detrás de su cabeza. La pelota evitaba que su boca se cerrara y podía sentir la saliva cayendo por su cara. Él miró hacia arriba y vio a Frankie divertirse mientras grababa todo.

La señora Lasinda luego le colocó una venda sobre sus ojos y redujo más sus sentidos. Todo lo que tenía era su tacto y su oído. Lo único que quería tocar era el volante de su Beamer e irse de ahí..., pero sabía que eso no iba a suceder. Él se quedó ahí, escuchándola sacar algo de la pared y se preparó para lo que sería el primer golpe.

Escuchó el sonido de los tacones mientras se acercaba y luego lo sintió. Era un dolor que viajó desde donde golpeó en sus nalgas hasta su espalda. Gritó a través de la mordaza. Si pudiera hablar estaría en muchos problemas, porque en su cabeza estaba llamándola con todos los nombres sucios que se le ocurrían. Fueron veintitrés latigazos después cuando ella preguntó:

—¿Comprendes que fuiste tú mismo el que causó esto?

Él se sintió al borde de la inconsciencia, pero tenía miedo de que ella lo matara si se desmayaba. Él asintió y ella dijo:

—Bien. Para cuando terminemos aquí, tú vas a comprender que la avaricia, la arrogancia y la perversión no son buenas cualidades, especialmente con la familia. Cuando termine contigo estarás listo para disculparte con tu hermana y decirle con sinceridad el pedazo de basura que eres. ¿Comprendes?

Mientras hablaba, Aiden podía escuchar que algo golpeaba la palma de su mano. Sonaba más pesado y grueso que el látigo. Asintió de nuevo, rogando que no usara eso en él. Ella se acercó lo suficiente y él pudo olerla, ella se acercó más y le quitó la venda. Lo que vio en su mano le envió una oleada de terror, a diferencia de todo lo que había sentido hasta ahora. Parecía un cinturón, pero adjunto al centro estaba el maldito dildo más grande que había visto en su vida. Era de casi veinticinco centímetros de largo y cinco de ancho. Él estaba contento de tener la mordaza porque de lo contrario le hubiera preguntado algo que lo hubiera metido en problemas. Ella le quitó la venda lentamente, dejándolo ver las marcas que había dejado y luego lo alejó. Luego se arrodilló y desabrochó sus tobillos y dijo:

—Ponte de rodillas y lame mis zapatos mientras me agradeces por tu disciplina.

Eso fue mucho mejor que el dildo y él hizo lo que ella le pidió. Después de cansarse verlo lamer el cuero y sus pies, ella le ordenó:

—Levántate.

Ambos se pusieron de pie y él vio su señal, Frankie. El gran tipo vino, lo cargó y lo llevó al sofá.

—Coloca tu estomago en contra del sofá.

Aiden lo hizo y, de repente, sintió más pánico de lo que había sentido hasta ahora mientras sentía que amarraban sus tobillos. Aunque intentó levantarse, la gran mano de Frankie lo empujaba de nuevo hacia el sofá. Una vez que sus tobillos fueron asegurados, Frankie amarró sus brazos y le dio otra sonrisa antes de alejarse. La próxima cosa que entró en la visión de Aiden lo hizo gritar, luego rogar, luego denigrarse, luego implorar y luego llorar.

La señora Lasinda estaba utilizando el cinturón y ese gran pene falso salía de su ingle.

—¿Estás listo para tu próxima lección? ¿Te gustaría saber de primera mano cómo se siente ser violado? —dijo ella sonriendo.

—No, Señora. Por favor. Lo siento mucho.

Ella sonrió, se acercó y lo besó suavemente en los labios.

—Agárrate a algo, mi mascota... estoy por tomar tu virginidad.

CAPÍTULO 16

Un año después

¿Estás nervioso?

Lucas y su padre se habían encontrado en el Starbucks a una cuadra del nuevo penthouse de Reagan para tomar un café la mañana de la boda. Reagan no había estado en casa por dos días, y extrañarla lo ponía malhumorado y depresivo. Ella se estaba quedando con su amiga Belinda, a quien había conocido una vez que estuvo libre de su hermano. Reagan, finalmente, era libre para disfrutar su vida y estaba igual de feliz de lo que estaba Lucas al verla tan feliz, y él seguía extrañándola cada vez que no estaban juntos. En su defensa, estas dos noches habían sido la primera vez que habían estado separados durante la noche en un año. En defensa de ella, hoy era su boda y necesitaba tiempo para hacer sus cosas de chicas y alistarse sin tenerlo a él supervisando.

—En realidad, no —le dijo Lucas a su padre.

Era verdad. No estaba nervioso por casarse con Reagan como si no pudiera esperar. Él estaba nervioso por ser un buen esposo y eventualmente un padre. Quería darle el mundo a Reagan, lo mejor de todo y alguna vez se preocupaba de no poder ser lo que ella merecía.

—Ella te ama, hijo. Puedo verlo en sus ojos cada vez que te mira.

Lucas sonrió.

—Sé que ella me ama. Me siento como el hombre más afortunado del mundo.

—Lo eres —sonrió su padre—. No todos tienen la oportunidad de conocer a su alma gemela y mucho menos pasar el resto de sus vidas juntos.

Lucas asintió.

—Le agradezco a Dios por eso todos los días, papá. ¿Puedo hacerte una pregunta?

—Por supuesto.

—Sé que mamá no era tu alma gemela. Lo sé porque amaste a Carey por mucho tiempo, pero tú no engañaste a mamá y creo que nunca lo hubieras hecho, incluso si Carey hubiera accedido. Entonces la debes haber amado mucho, ¿cierto?

—Por supuesto que lo hice. Yo amé mucho a tu madre. Conocí a Carey cuando tu madre y yo pasábamos por una época difícil. Quizás por eso fue tan fácil para mí enamorarme de ella. O quizás ella era mi alma gemela y yo la conocí muy tarde. Sea como sea, nunca hubiera lastimado a tu madre de esa forma. Ella era una mujer increíble y yo desearía que estuviera aquí para verte casar con Reagan. Ella estaría tan orgullosa de ti... de ambos.

Una sonrisa triste apareció en la cara de Lucas. La

muerte de su madre fue dura para él, pero su padre siempre fue su roca y su presencia en su vida lo había ayudado a superarla.

—Yo también desearía que estuviera aquí. Estoy muy agradecido de que tú lo estés. Es doloroso que los padres de Reagan no pudieran verla caminar por el altar. En caso de que no te lo hayamos dicho, estamos muy agradecidos de que aceptaras y te ofrecieras a caminar con ella.

—Reagan me lo ha agradecido muchas veces. Estoy muy feliz y orgulloso de hacerlo.

Lucas suspiró.

—Cuando tú y mamá se casaron y comenzaron una familia, ¿estuviste preocupado de no saber lo que estabas haciendo y de arruinarlo todo?

Rex sonrió y tomó un trago de su café antes de decir:

—Casi todo el tiempo.

—Eso me tranquiliza —sonrió Lucas.

—Bueno, tú eres prueba de que yo no lo arruiné demasiado. Mira, hijo, todos desean que el matrimonio y la paternidad vinieran con un manual de paso por paso, especialmente para los que tienen personalidad tipo A, como tú. —Él le sonrió a su hijo y continuó— Pero ya que no es así, todo lo que puedes hacer es hacer lo mejor que puedas cada día. Lo más importante es el amor y mientras tengas eso, tú tendrás todo lo que necesitas.

—Espero —aceptó Lucas—. Reagan finalmente se está recuperando de lo que le hizo su hermano. Todo lo que ella ha querido es una familia y yo quiero darle eso más que nada. Solo quiero hacerlo bien.

—Tengo fe de que lo harás —sonrió Rex. Bebieron su café en silencio por unos minutos y luego Rex prosiguió— Hablando del diablo, ¿han tenido más problemas con él?

—No por un tiempo —dijo Lucas. Su padre preguntó sobre su mayor preocupación... Aiden Kade y lo próximo que haría ese loco bastardo.

Después de la noche en que él y Reagan lo dejaron con la señora Lasinda para su "castigo", las cosas fueron caóticas en sus vidas. Las primeras tres semanas fueron increíbles. Hacían el amor todas las noches, casi siempre en nuevos lugares y pasaban casi cada segundo juntos para recuperar el tiempo perdido por Aiden. Sentían que, finalmente, podían respirar sin su constante presencia en sus vidas.

Durante ese tiempo, ellos mudaron las cosas de Reagan de la mansión en La Jolla a la casa familiar que Lucas compartía con su padre. Lucas estaba seguro de que Aiden comenzaría a liquidar los bienes que tenía apenas regresara, y él quería asegurarse de que Reagan tuviera lo que quisiera antes de eso. Reagan solo quería lo suyo, unas cajas de fotografías y recuerdos que su madre tenía en el ático. Ella estaba triste de que él no tuviera nada, así que le permitió sacar de la casa lo que quisiera. Eso le permitiría comenzar de nuevo. Lucas no comprendió por qué lo hizo, porque ese bastardo no merecía nada, pero él sabía que ella en el fondo lo compadecía. Reagan solo estaba feliz de que ya no tenía que vivir bajo el mismo techo que ese monstruo.

Justo como Lucas había sospechado, apenas Aiden regresó a La Jolla, él comenzó a vender casi de inmediato los bienes de la familia. Él tenía tres autos, un jaguar, un SUV y un BMW. Él se quedó con el BMW y vendió los otros dos, y luego comenzó con las antigüedades y el arte de la casa. Había alfombras persas que costaban miles y pinturas originales que costaban decenas de miles. Reagan se había llevado lo que quería de las joyas de su madre, pero lo que quedaba, fácil, llegaba al millón. Lucas no pudo evitar ponerse furioso al pensar en todo el dinero que Aiden estaba sacando de eso, pero Reagan lo calmó fácilmente al decirle que no importaba, porque ellos tenían algo que Aiden nunca tendría…amor, y se tenían ellos. Lucas lo hubiera dejado así si Aiden no hubiera regresado a acosar a Reagan. Al menos, Lucas sospechaba que era él. Solo que no había podido probarlo todavía.

Una vez que regresaron a la ciudad y la compañía nueva y mejorada estaba funcionando, Reagan entró a la universidad y comenzó a trabajar en la compañía. Él creía que no había nada que ella no pudiera hacer. Era inteligente y motivada y, además de eso, ella era dueña del mayor porcentaje de la compañía. Pero ella insistió en que quería aprender el negocio desde abajo mientras estudiaba para graduarse. Fue difícil para Lucas hacerse a un lado y permitirle hacer eso, pero él tenía que respetar su decisión. Decía mucho sobre su carácter y lo hizo enamorarse de ella todavía más. Sin embargo, las cosas comenzaron a empeorar una vez que se asentó en su nuevo trabajo.

Primero comenzaron a llegar las flores. Ella llegaba a su escritorio por la mañana y había un jarrón con rosas negras con notas que decían cosas como, "el color de tu alma" y "espero que tu vida sea tan prometedora como estas rosas". Lucas rastreó el envío de cada ramo. Quien sea que las hubiera estado enviando siempre usaba un florista diferente en el área de San Diego y siempre pagaba con efectivo. La descripción de las personas que lo recordaban se asemejaba a Aiden, pero cuando se les mostraba una fotografía, nadie aseguraba nada. El hombre que compró las flores usaba un sombrero y lo que las personas describieron como "una barba de varios días en su cara".

Lucas aumentó la seguridad en la compañía y detuvo las entregas antes de que llegaran a Reagan. Hubo calma por algunas semanas, y luego comenzaron a llegar cartas a la casa. Cada carta estaba llena de tonterías horribles y, algunas veces, estaban llenas de páginas de la "perra cazafortunas de Reagan". No había forma de rastrearlas ya que estaban escritas con letras cortadas y pegadas de revistas, y eran siempre enviadas desde diferentes lugares de la ciudad. Lucas quería ir a atacar a Aiden con sus propias manos, pero Reagan le había rogado que no lo hiciera. Ella estaba convencida de que eso era lo que Aiden quería. Era, probablemente, parte de un plan donde pudiera denunciar a Lucas con cargos de asalto o intento de asesinato, y hacer que lo arrestaran. Él no iba a llevar a la corte lo que le sucedió por miedo a cómo lo haría lucir..., pero si Lucas lo asaltaba sin pruebas de que él era el acosador, Aiden parecería la víctima. Lucas sabía que ella tenía razón, pero era difícil no querer matarlo.

En vez de eso, Lucas hizo que uno del personal revisara el correo y sacara las cartas antes de que Reagan las viera. Él también contrato a una compañía de seguridad para que siguiera a Aiden y fotografiara todo lo que hiciera. Mientras tanto, mientras ellos intentaban seguir con sus vidas, Lucas le propuso matrimonio. Él había pensado mucho en cómo hacerlo y, finalmente, decidió proponerlo de una manera que le encantara a Reagan. Pensó en eso y sonrió. Todos los pensamientos sobre Aiden desaparecieron y su mente fue a ese día.

Era una mañana de viernes y Reagan estaba en su

escritorio del trabajo. Lucía adorable, pensó él. Estaba usando una falda azul y una blusa blanca de botones con su cabello rubio en sus hombros y luciendo como oro en el reflejo de las luces fluorescentes. Todavía lo sorprendía cómo su corazón prácticamente se detenía cada vez que la veía y luego volvía a latir solo por ella.

—Hey, hermosa. Hora de terminar el día.

Reagan le sonrió desde su escritorio.

—Son solo las once de la mañana.

—Sí, y es momento de terminar el día.

—Pero ¿quién me va a cubrir?

—Yo ya hablé con Brandi de Recursos Humanos y ella va a mandar a uno de los temporales. Ella debería estar aquí en cualquier minuto.

—Pero...

—Deja de discutir, mujer, o te lanzaré a mi hombro y te sacaré de aquí como un cavernícola. —Reagan sonrió y él prosiguió— ¿Crees que no lo haré? No me tientes, mujer.

Sin dejar de reír, ella recogió sus cosas y transfirió su teléfono. Lucas tenía un auto esperándolos al frente y el auto los llevó a una franja de playa privada donde se bajaron. Lucas sacó una cesta de picnic del maletero y lo llevaba en una mano, y tomaba la mano de Reagan en la otra. Ella se había quitado los zapatos y los llevaba en la mano mientras caminaban por la cálida arena y se dirigían a una pila de rocas que daba a la playa y al océano. Se sentaron ahí y tuvieron su almuerzo, hablando, sonriendo y mirando al océano. Ambos amaban la playa y habían conversado sobre comprar una casa en la playa algún día.

Después de que terminara el almuerzo, Lucas dijo:

—Vamos a caminar.

Reagan aceptó fácilmente, y él tomó su mano y la llevó a adentrarse en la playa desierta. Reagan parecía estar disfrutando la vista y estaba distraída viendo lo que pensó que sería una foca en el océano cuando Lucas dejó de caminar. Ella lo miró y fue en ese momento en que lo vio de reojo. Volteándose, vio un enorme castillo de arena. Era un castillo con torretas, un foso y una gran pared de piedras alrededor. Parecía que había sido creado en arena con muchos detalles y Reagan se quedó admirándolo por mucho tiempo, antes de darse cuenta de que había algo escrito en la arena alrededor. Se acercó y Lucas la siguió. Ella se sentía como Dorothy en la película de El mago de Oz mientras caminaba alrededor del gran castillo de arena y leía lo que estaba escrito alrededor.

Decía, "Reagan Kade, ¿me concederías el honor de convertirte en mi esposa?". Ella levantó la mirada para ver la cara de Lucas y se percató de que no estaba ahí. Él había puesto una rodilla en la arena y en su mano tenía una caja de terciopelo blanco. La abrió y Reagan casi queda ciega por el brillo que rebotó del anillo de piedras preciosas que estaba en su mano.

—Te amo, Reagan.

Ella sonrió a través de las lágrimas que comenzaron a formarse en sus ojos.

—Yo también te amo, Lucas, demasiado.

—¿Te casarías conmigo?

Las lágrimas comenzaron a caer por sus mejillas. Ella no podía controlarlas y ni siquiera se preocupó de secarlas antes de asentir con entusiasmo.

—¡Sí, Lucas! No hay nada en el mundo que me encantara más que ser tu esposa.

Él le colocó el anillo en su dedo y luego se levantó. La tomó y la atrapó en un gran abrazo.

—Me acabas de hacer el hombre más feliz de la Tierra.

Ella lo miró y sonrió.

—Me alegro, porque yo soy la mujer más feliz. Vamos a tener una vida increíble juntos.

Lucas sonrió y asintió.

—No lo dudo.

Luego de eso comenzaron a planear la boda, a buscar un hogar para comprar, miraron diez o doce casas y, finalmente, se decidieron por una que ambos amaron apenas la vieron. Estaba justo en la playa y todo el primer piso estaba hecho de vidrio, así que tenían una vista del océano azul y arena blanca alrededor. Necesitaba renovaciones, pero el contratista que Lucas tomó asumió que podían tenerla listo para cuando regresaran de su luna de miel. Justo cuando firmaron por la compra de la casa y estaban con una falsa sensación de seguridad... fue en ese momento que él atacó de nuevo.

Después de tres semanas de renovaciones, el contratista de Lucas lo llamó y le dijo que alguien se había aparecido en la construcción y había venido con una pila de cabezas podridas y olorosas de pescado que dejó en el centro de la sala de estar. A pesar de lo furioso que estaba Lucas, lo que lo había enojado todavía más era que Aiden no estaba ni cerca de San Diego en ese momento. Estaba trabajando en una compañía de desarrollo de software con algo del dinero que obtuvo al vender los bienes de la familia y se quedaba en Silicon Valley. La compañía de seguridad que lo seguía tenía fotografías de él ahí toda la semana anterior al incidente. Él, simplemente, había contratado a alguien para que hiciera el trabajo sucio...

pero una vez más, Lucas no podía demostrarlo. Eso fue lo que finalmente lo puso al límite y, por primera vez, hizo algo a espaldas de Reagan, aunque esperaba que fuera la última vez. Mientras lo pensaba, comenzó a sonreír. Era un buen día.

CAPÍTULO 17

Reagan estaba en frente del espejo de cuerpo completo en la habitación de novia en el Catamaran Resort y Spa. Había reservado el área de césped del sur donde ella y Lucas dirían sus votos en menos de una hora. Ella había llegado a primera hora de la mañana. Todo estaba arreglado con sillas para casi doscientos invitados y el largo corredor blanco entre los asientos estaba decorado con flores tropicales de múltiples colores. En frente de todo, había un arco de bambú hecho a mano y decorado con el mismo tipo de flores, frescas y fragantes, y ramas de palmas. Era un hermoso día soleado y las vistas panorámicas de Mission Bay y el hermoso cielo azul de San Diego en el fondo eran la cereza del pastel. Reagan había experimentado más momentos maravillosos y días felices desde que conoció a Lucas que en otra etapa de su vida, pero sabía que hoy sería el momento más feliz y memorable de todos. Ella estaba ansiosa por ser su esposa y comenzar sus vidas juntos, aunque pensamientos sobre Aiden y lo que podría estar planeando aparecían en su subconsciente, pero siempre los omitía. Ya le había permitido que consumiera mucho de su vida. Hoy era el día de Reagan y Lucas y no había espacio para Aiden, ni siquiera en sus pensamientos.

Un golpe en la puerta la trajo de vuelta de sus divagaciones. Antes de ir a responder, su amiga Belinda metió su cabeza.

—Hey hermosa, las maquilladoras ya llegaron.

Reagan sonrió.

—De acuerdo, estoy lista si tú lo estás.

Belinda era su dama de honor y ella había sido su salvavidas. Reagan no había tenido amigas cercanas desde la secundaria. Aiden se aseguró de eso como parte de su intento de controlar y dominar cada aspecto de su vida. Conoció a Belinda en la compañía; antes ella había trabajado para Rex Ferris por dos años como una asistente junior. Belinda y Reagan congeniaron casi de inmediato. Belinda había estado casada por menos de un año, así que ella tenía muchos consejos ofrecerle a Reagan cuando comenzó a planear su boda. Su esposo era un buen tipo y, aunque él y Lucas nunca se convirtieran en mejores amigos por la diferencia de edad, ellos se llevaban lo suficiente bien cuando las dos parejas se reunían y hacían cosas juntos. Reagan amaba tener una mejor amiga y ella le confiaba casi todo.

Belinda abrió la puerta y dos mujeres y un hombre entraron. Cada uno llevaba una caja de artículos, y ellos dispusieron todo para estar listos y comenzar con su magia en solo minutos. Cuando se fueron, el estilista llegó y, para entonces, era momento de que Reagan y Belinda se colocaran sus vestidos. Reagan trabajó con un diseñador de Bali que había creado un vestido para ella que era casual para la playa, pero al mismo tiempo era elegante para una boda. Belinda estaba usando un vestido verde pálido y Lucas, su padre y su padrino de boda, un amigo de la universidad llamado Tim, estaban usando trajes de esmoquin negros con fajines y corbatas verdes. El color no era el favorito de Reagan, pero había sido el favorito de su madre, Carey, y era la forma de Reagan de honrarla y hacerle saber que la extrañaba mucho.

—¿Y, estás emocionada, nerviosa o ambas? —le preguntó Belinda mientras esperaban.

—Ambas —dijo ella con una sonrisa— ¿Pero sabes lo que me consume más que los nervios y la emoción?

—¿Qué?

—Extraño a Lucas. No he podido dormir en casi dos días. Ya no sé cómo dormir sin él. Lo extraño como si alguien me hubiera cortado el brazo y tuviera que vivir sin mi brazo por dos días antes de volver a coserlo.

Belinda sonrió.

—Bueno, eso es algo positivo porque vas a estar durmiendo con él por el resto de tu vida.

Reagan podía sentirse brillar desde dentro. La idea de estar con Lucas por el resto de su vida era una sensación que no podía poner en palabras si tuviera que hacerlo… pero eso era lo maravilloso.

—¡De acuerdo, damas! —La coordinadora de bodas que Reagan había contratado para ayudar con los detalles de último minuto entró en la habitación. Ella tenía tanta energía que a veces ponía nerviosa a Reagan, pero definitivamente hacía bien su trabajo—. Es tu turno, dama de honor.

Belinda le dio a Reagan un gran abrazo.

—Buena suerte, cariño. Luces hermosa —le susurró.

—Gracias. Muchas gracias por estar aquí.

—No estaría en otro lado —respondió Belinda con una sonrisa.

—Apresúrate antes de que la hagas llorar y arruine su maquillaje —dijo la coordinadora de bodas. Belinda sonrió y siguió a la pequeña mujer hiperactiva afuera de la puerta. Apenas ellas se fueron, Reagan escuchó la suave y hermosa música del arpa y ella supo que su momento de caminar hacia el altar estaba cerca. Otro toque en la puerta hizo que apareciera Rex Ferris luciendo excelente y apuesto en su traje. Apenas vio a Reagan, él soltó un silbido.

—Luces hermosa. Mi hijo es un hombre afortunado.

Reagan sonrió.

—Gracias, Rex. Pero yo soy la afortunada.

—Van a tener una gran vida juntos. —La marcha nupcial comenzó a sonar y la coordinadora de bodas estaba tocando la puerta.

—Vamos "novia", ¡es tu turno!

Reagan tomó el brazo que le ofreció Rex y atravesaron la puerta juntos. Se pararon al comienzo de un largo camino blanco y esperaron su turno. Rex se acercó y besó su mejilla

—Ese fue por tu madre. Sé que a ella le hubiera encantado estar aquí más que a nadie.

Los ojos de Reagan se llenaron de lágrimas con la mención de Carey. La coordinadora de la boda apareció de la nada y le entregó un pañuelo.

—Sécate con cuidado. —Reagan se rio y se secó las lágrimas con suavidad. Luego respiró hondo y deslizó su mano de vuelta en el brazo de Rex. Los invitados se levantaron, y Reagan y Rex comenzaron a caminar juntos hacia el altar. Ella pudo ver a Lucas esperándola y las mariposas en su estómago comenzaron a volar apenas lo notaron. Él lucía hermoso en su traje y tenía una sonrisa casi eufórica en su cara. Los ojos de ambos se encontraron y ninguno miró hacia otro lado hasta que ella y Rex llegaron al frente. Cuando lo hicieron, Rex corrió su delgado velo de delicada tela fuera del camino y la besó en la mejilla antes de susurrarle:

—Te quiero.

Reagan le sonrió.

—Yo también lo quiero. Muchas gracias.

—No, gracias a ti. Gracias por hacer a mi hijo más feliz de lo que lo he visto nunca.

Él la entregó a Lucas y ella deslizó su brazo hacia el suyo. Lucas estaba radiante al verla.

—Dios, eres hermosa —le susurró.

—Tú también —dijo mientras le guiñaba el ojo. Él lucía tan hermoso que ella quería saltar sobre él en ese mismo momento. Estaba sorprendida de que, a pesar de llevar dos años juntos, el solo verlo le ponía la piel de gallina y causaba que su aliento se quedara en su garganta.

—¿Estamos listos para comenzar? —preguntó el ministro.

—Sí —respondieron ambos al mismo tiempo.

Reagan estaba sonriendo tanto que casi dolía. Ni siquiera le importaba dónde estaba Aiden o lo que estuviera haciendo. Estaba casándose hoy con el hombre de sus sueños y no importaba lo que Aiden decidiera hacer desde ese momento, él no podría arrebatarle su felicidad. Reagan estaba impaciente por ver lo que Lucas había planeado para la luna de miel que él había insistido en mantener en secreto... Y no podía esperar por el comienzo del resto de sus vidas.

Cuando dejaron la recepción y se dirigieron al aeropuerto, Reagan le hizo un millón de preguntas sobre a dónde se dirigían, pero Lucas no le dio ni una pista, solo le dijo que era un lugar que iba a amar y un lugar donde nadie los molestaría.

Volaron en el jet privado de la compañía y Reagan continuó intentando que le dijera a dónde iban a ir. Lucas parecía divertirse cada vez que ella adivinaba, pero se mantuvo firme en no decirle nada. Cuando el avión comenzó a descender, Reagan miró por la ventana y todo lo que podía ver abajo eran montañas llenas de nieve.

—¿Suiza? —preguntó ella.

Los labios de Lucas sonrieron.

—Nop.

—¡Espera! ¡Dios mío! ¡Lucas! ¿Qué es eso? —preguntó ella emocionada, señalando una de las cimas de las montañas. Estaba rodeada por poca tierra y mucha agua.

Él miró por la ventana con una sonrisa.

—Eso es un volcán —dijo.

—¡Lucas! —Ella se abalanzó a sus brazos y él sonrió. Reagan no podía creer que él había hecho esto. La había escuchado hablar sobre sus recuerdos y se dio cuenta lo mucho que significaban para ella. Era una razón más del porqué ella lo amaba tanto.

Una vez que se bajaron del jet en el aeropuerto y se subieron a un pequeño bote comercial que los llevaría a una isla, Reagan dejó que sus pensamientos la transportaran a ese fin de semana hacía diez años.

Fue el fin de semana que había cambiado completamente su relación con su padrastro y uno de sus recuerdos más queridos. Reagan no había adorado siempre a su padrastro. Cuando su madre se casó, Reagan estaba abrumada por todos los cambios y estaba resentía con él por quitarles un tiempo precioso a ella y a su madre. Sentía que muchas cosas estaban cambiando y, de una forma muy adolescente, Reagan decidió actuar al respecto. Sabía lo orgullosa que su madre había estado sobre sus buenas calificaciones en la escuela, así que comenzó por ahí. Dejó de entregar las tareas y de estudiar para los exámenes y, para el final de su sexto grado, estaba reprobando inglés, historia y estudios sociales y en peligro de quedarse atrás ese año. Como le agradaba mucho a su maestra, ella sospechó que Reagan solo estaba pasando por tiempos difíciles, así que le dio un proyecto extra y le dijo que, si lo hacía bien, podría sacar la suficiente calificación para pasar a la escuela media el año siguiente. La tarea era escoger cualquier pueblo, ciudad o isla en los Estados Unidos que ella nunca hubiera visitado y aprender tanto de ese sitio como pudiera y entregar un informe exhaustivo el día en que regresara del fin de semana del Día de los Caídos.

Sus padres hicieron todo lo que pudieron para animarla y su padrastro le dijo que la llevaría a visitar el lugar que ella escogiera para que pudiera echarle un vistazo de frente, siempre y cuando ella prometiera tomarse la tarea en serio.

—Está bien —dijo la desafiante niña de once años— Quiero hacer mi reporte en Alaska.

Sus padres se miraron y luego su padrastro le preguntó:

—¿Qué ciudad en Alaska? ¿Juneau? ¿Anchorage?

—La isla Kiska —dijo ella con una sonrisa traviesa.

Reagan había investigado. La isla era una vieja estación de clima de la Segunda Guerra Mundial. Era fría y desierta y tenía un volcán activo. Estaba segura de que su padrastro diría que no y le daría una razón más para enojarse con él.

Sorprendentemente, un día después su avión aterrizó en Anchorage y ellos tomaron un bote para ir a Kiska. En veinticuatro horas, su padrastro había arreglado un campamento agradable para ellos y, durante los próximos tres días, los tres exploraron la pequeña isla, recolectaron cosas de la Segunda Guerra Mundial e, incluso, treparon a la cima del volcán. Las posesiones más valiosas de Reagan hasta el día de hoy eran las rocas de lava que ella había recogido ese fin de semana, y ese viaje resultó ser uno de sus recuerdos más preciados. Ese viaje también cementó el lazo entre ella y su padrastro, y comenzó a pensar en él como su padre después de esos días.

Mientras Reagan y Lucas se sentaban en frente de un gran fuego esa tarde en el nuevo bungaló que Lucas había construido en la isla, ella seguía sin poder creerlo.

—No puedo creerlo —dijo Reagan mientras bebía su chocolate caliente—. No puedo encontrar las palabras para decirte lo mucho que esto significa para mí. —Lucas sonrió y bajó su taza. Con una sonrisa sexy, él le dijo:

—Quizás puedas mostrarme.

Reagan no perdió tiempo y bajó su taza también. Ellos se habían aguantado en el avión y en el bote... esperando que el momento fuera perfecto. Reagan se levantó y se paró al frente de él.

—¿Estás lista para hacerle el amor a tu esposo, señora Ferris para luego ir mañana a explorar? —dijo Lucas sonriendo.

En vez de responderle con palabras, Reagan tomó sus manos con las suyas y las llevó a su pecho. Las colocó sobre sus senos y ella sabía que él podía sentir sus duros pezones. Comenzó a acariciarlos y ella vio el deseo en su cara pasar de querer a necesitar en cuestión de segundos. Amaba tener ese efecto en él y, más importante, amaba que ese sentimiento fuera mutuo.

Reagan se arrodilló en frente de él y alcanzó para agarrar su duro pene. Pasó su pequeña mano por la forma de su pene por encima de sus pantalones y el calor de este, incluso, atravesaba la tela y encendía el infierno en su estómago. Mientras ella lo acariciaba, un sonido atravesó su garganta, era algo como un gruñido, y eso la hizo sentirse húmeda de inmediato entre sus piernas. Lucas era tan sexy que a veces no sabía si podía aguantarlo, lo deseaba demasiado, todo el tiempo.

Lucas se inclinó y colocó sus labios en su cuello. Reagan giró su cabeza para permitirle besar, y lamer y luego chupar. Ella acarició su duro pene cada vez más rápido mientras él le daba mordidas eróticas a su carne sensible. Reagan estaba jadeando y su respiración era cada vez más corta y agitada. Lucas también estaba jadeando mientras chupaba y mordía, y ese sonido la excitaba todavía más. El hecho de que él fuera tan intenso y demandante cuando hacían el amor la ponía en un frenesí sexual como nada que hubiera sentido antes, y ella deseaba sentirse así cuando estuvieran casados por veinte o treinta o, incluso, cuarenta años. No quería perder esa sensación nunca.

Reagan se dio cuenta de que, mientras él se daba un festín con su cuello, le estaba quitando la blusa. Una vez que la pudo desabotonar y quitarla del camino, sus dedos fueron dentro de su sujetador y encontraron uno de sus duros pezones. Lo tocó ligeramente, y luego lo agarró entre sus dedos y comenzó a girarlo y a jugar con él, todo mientras disfrutaba los gemidos que le ocasionaba. Ella sentía que su corazón iba a explotar cada vez que la tocaba de esa forma. Sus labios fueron a su oído mientras acariciaba sus tetas y él dejó que su aliento caliente la hiciera temblar mientras le susurraba cosas sexys al oído. Su mano fue desde sus senos hacia su espalda y, finalmente, los liberó.

Él miró hacia abajo y soltó un gruñido antes de levantar su cabeza y alejarse lo suficiente para sacar la blusa y el sujetador fuera del camino. Luego bajó su boca y usó su lengua para trazar el contorno de cada seno y luego apretó uno con fuerza y comenzó a chuparlo. Reagan se sentía en caída libre. Siempre tenía mareos por el placer que él le daba a su cuerpo. No solo estaba chupando y mordisqueando sus senos, les estaba haciendo el amor. Ella estaba cerca de llegar al orgasmo cuando él se movió hacia el otro. Antes de Lucas, sin importar lo mucho que ella había fantaseado sobre el sexo, nunca imaginó que podría ser así.

Cuando él se llenó de sus senos..., al menos por el momento, elevó sus labios para cubrir los suyos y se levantó, alzándola a ella al mismo tiempo. La llevo caminando por el pequeño pasillo a su habitación y la lanzó gentilmente en la cama. La forma en que la miró con una mirada casi depredadora le hizo sentir otro escalofrío. Lucas alcanzó la falda que estaba usando y se la arrancó, y luego agarró un lado de sus bragas con su gran mano y la rompió, lanzando la tela a un lado.

El cuerpo de Reagan estaba encendido y ella podía sentir su cabello pegándose a su cara debido al sudor. Lucas movió su mano y sacó el cabello de ahí. Ese tacto simple, pero íntimo, le envió olas de emoción por todo su cuerpo. Lucas se arrodilló a un lado de la cama y comenzó a explorar su cuerpo como si no lo hubiera visto nunca.

Sus labios la besaron suavemente por su abdomen, mientras ella pasaba sus manos a través de su cabello suave y despeinado, y él le besaba el vientre. Ella tembló cuando sus labios se movieron lentamente hacia abajo, hacia la parte sensible de sus muslos internos. Él se tomó su tiempo, probó los jugos que se habían escapado de su vagina húmeda mientras ella se retorcía y gemía con su tacto. Cuando él se sentó y se sacó su camisa, ella podía ver cómo sus duros músculos reflejaban la luz de la luna que entraba a través de las persianas que cubrían la pequeña ventana. Reagan dejó que sus manos recorrieran sus duros hombros y su pecho, y se maravilló de que fuesen solo de ella.

Lucas la empujó para que estuviera echada en la cama y se movió sobre ella. El calor que salía de su cuerpo penetraba su piel y calentaba su sangre hasta el punto de hervirla. Deslizó su lengua en su boca y se besaron con fuerza mientras ella pasaba sus dedos por los músculos de su espalda. Reagan sintió su duro pene en su muslo y nunca deseó tanto algo en la vida como deseaba tenerlo dentro en ese momento, sabiendo que él era su esposo ahora... y para siempre.

Sintió su mano ir debajo de ella y comenzar a apretar y amasar las nalgas de su trasero. Su vagina estaba ansiosa por recibir atención, pero él la estaba haciendo esperar y ella sabía que, mientras más se retorciera y le rogara que la tocara, él la haría sufrir más. Al final siempre valía la pena la espera... pero esta noche, ella había cruzado la línea entre querer y necesitar y no quería esperar más de lo necesario.

Lucas se tomó su tiempo acariciando los globos redondos de su trasero antes de deslizar su mano hacia el frente y, finalmente, introducir sus dedos en su vagina caliente y resbaladiza. Ella gimió con fuerza mientras sus dedos encontraron su bulto hinchado y comenzaron a masajearlo. Tenía sus ojos casi cerrados, pero estaban lo suficientemente abiertos para ver su cara mientras masajeaba su clítoris. Era demasiado intensa. Era como si estuviera encendido por el movimiento de sus caderas y la sensación de su vagina caliente y mojada.

Él, de repente, comenzó a moverse de nuevo y la llevó al borde de la cama para que su trasero estuviera justo en el borde y luego se arrodilló en frente de ella de nuevo.- Deslizó su lengua por su húmedo clítoris antes de abrir sus labios con sus dedos y meter su lengua dentro de ella lo más profundo que podía. Reagan agarró su cabello con sus dedos y lo usó para apoyarse, prácticamente, para subir sus caderas de la cama y tocar directamente esos labios sexys de él. Estaba haciendo sonidos suaves mientras Lucas lamía y chupaba y mordía ocasionalmente su clítoris, y él no se detevo hasta que ella gritó un orgasmo increíble que la sacudió completamente.

Lucas nunca fallaba en convertir a Reagan en una ninfa hambrienta de sexo que se retorcía y gritaba con su tacto... y a ella le encantaba.

—Por favor, Lucas, te necesito dentro de mí.

Reagan amaba la sensación del duro pene de Lucas dentro de su vagina húmeda justo después de correrse, ya que cada nervio estaba deseoso de atención. Lucas le sonrió y se levantó para terminar de desvestirse. Ella agarró su duro pene apenas estaba descubierto y él se quedó parado ahí por unos segundos mientras ella lo acariciaba y lamía su cabeza como si fuera una paleta.

Él se alejó y se acercó para dejarla lamer sus propios jugos de sus labios y de su cara. El sabor de ella misma en su cara era embriagador y la volvía loca. Su mano estaba de nuevo entre sus piernas y sus dedos estaban dentro de ella, pero necesitaba más. Ella moría por tenerlo. Colocó sus manos detrás de su cuello y llevó su boca a su oído y le dijo:

—Te necesito dentro de mí, Lucas... Por favor. Tómame, fóllame, penétrame, muéstrame lo afortunada que soy de tenerte. Por favor, déjame sentirte dentro de mí.

Ella sintió que él sonreía y luego casi se desmaya del placer cuando, finalmente, él le dio lo que deseaba tanto, lo que estaba segura de que no podía faltar en su vida. Él entró profundo y luego lentamente, casi demasiado lento, y lo sacó. Lo hizo de nuevo y Reagan clavó sus uñas en su espalda y enroscó sus piernas en su cintura, intentando usar sus piernas y pies para empujarlo más al fondo.

Al principio fue un frenesí entre ambos, desesperados por lo que deseaban, pero después de unos segundos, ellos terminaron en un ritmo sexy que fue aumentando con cada penetración. Reagan llegó al clímax dos veces más, antes de sentir temblar a Lucas y escucharlo soltar un gruñido masculino antes de que su cuerpo se tensara, en cada músculo de pie a cabeza… y luego todo su cuerpo tembló y él colapsó encima de ella, jadeando y temblando.

Lucas se quedó encima de Reagan por un momento antes de levantar su peso para no aplastarla, y luego enroscó su cuerpo con el de ella, tan apretado, que era imposible saber dónde terminaba su cuerpo y dónde comenzaba el de Reagan. Él besó su cara y le dijo jadeando:

—Dios, te amo. —La volteó para poder mirarla a los ojos —Tengo que decirte algo y espero que no te enojes conmigo —le susurró.

Reagan sintió una punzada de preocupación. No quería escuchar nada en este increíble día que la enojara con él, pero tampoco podía imaginarse qué era.

—De acuerdo —dijo ella y esperó.

—No podía soportar la idea de que Aiden nos siguiera acosando.

Con un temblor sobre lo que podría haber hecho Aiden, Reagan dijo con cuidado:

—De acuerdo…

—Lo envié de viaje. Él no regresará por un tiempo… si es que regresa.

Reagan levantó su cara para poder ver el resto de la de Lucas.

—¿Qué tipo de viaje? Lucas, por favor, dime que no hiciste nada que te pudiera meter en problemas. No podría soportarlo si alguien te alejara de mí.

—No. Yo quería hacer algo… permanente a ese pedazo de basura, pero te prometí que no lo haría y nunca rompería una promesa que te haya hecho. Pero tuve una idea y no quería molestarte con ella mientras estábamos planeando la boda. Era algo que me hizo actuar en el momento y espero que me perdones por no habértelo comentado antes.

—Confío en ti —respondió ella, y era verdad. Pero su corazón seguía acelerado y su respiración seguía agitada—. Solo dime.

—Bueno, Aiden de alguna forma terminó en el envío de arte que iba a Europa.

—¿En el envío?

—Sí... él está en una caja. Pero tiene suficiente comida y agua hasta que llegue a su destino y tiene un tanque de oxígeno en caso de que lo necesite...

Reagan sintió que iba a sonreír e intentó mantener una cara seria.

—¿Una caja?

Lucas también parecía que estaba intentando no sonreír.

—Mi seguridad lo encontró pagándole al tipo que dejó cabezas de pescado en nuestro nuevo hogar. Él estaba en el puerto y me llamaron. No voy a decir que no le encajé algunos golpes, pero antes de matarlo... mientras solo estaba inconsciente, yo lo metí en una de sus cajas. Mis hombres y yo tuvimos que actuar rápidamente para arreglar todo y una vez que estuvo "cómodo", nosotros lo encerramos. Debe estar llegando al Congo en una semana.

Reagan perdió la batalla con su sonrisa y no pudo evitar sonreír.

—¿El Congo?

—Sí. Espero que le tome un tiempo salir de ahí y regresar. Al menos de esa forma podrá tener un respiro de mis puños si no cumple las promesas que me hizo mientras lo golpeaba.

Reagan seguía sonriendo y le preguntó:

—¿Qué promesas?

—Él dijo que empacaría sus cosas y se mudaría del estado. Dijo que quizás se fuera a Nueva York. Pensé que era una buena idea… pero quería darle algo de tiempo para pensar en cuál sería la alternativa si decidía quedarse y seguir acosándote a ti y a nosotros.

—¿Entonces lo enviaste al Congo? —Carcajadas comenzaron a salir de su pecho al pensar en su hermano despertándose en un barco, yéndose a un lugar remoto y casi primitivo. Casi deseaba tener una fotografía.

—¿Estás enojada? —preguntó Lucas con una sonrisa.

Reagan colocó sus brazos en él y lo besó profundamente. Cuando se despegaron para tomar un respiro, ella dijo en una voz sexy:

—Solo estoy loca por ti, bebé.

Lucas sonrió.

—No te ocultaré nada nunca más.

—Bien —dijo ella— pero mientras estamos siendo honestos entre nosotros, hay algo que tengo que decirte. Esta mañana antes de irme de la casa de Belinda me hice una prueba de embarazo. No he tenido ni menstruación en dos meses y me he estado despertando con un poco de náuseas.

—¡Oh, bebé! ¿Por qué no me dijiste? Te podríamos haber llevado a un doctor…

—Lucas, no estoy enferma. Estoy embarazada.

Hubo un silencio en la cabaña que pareció durar una eternidad antes de que una sonrisa comenzara a aparecer en la cara de Lucas. Al final, él susurró:

—¿Voy a ser papá?

Reagan sonrió y dijo:

—¿Estás de acuerdo con eso?

Lucas sonrió de nuevo.

—¿Hablas en serio? Estoy encantado. —Él la abrazó y sonrió— ¡Un bebé!

Una cosa que Reagan sabía era que las cosas estaban cambiando. Pero ella había recorrido un largo camino desde donde estaba y comprendía que no solo podía manejar los cambios, sino que estaba lista para aceptarlos. Su vida como la señora Ferris iba a ser increíble y, aunque Aiden no fuera lo suficientemente inteligente para mantener su distancia cuando volviera a aparecer, no había nada que él pudiera hacer para quitarle la felicidad que ella tenía con Lucas. La etapa oscura y aterradora de su vida había terminado, y ahora estaba completamente lista para cosas mejores y más grandes.

ESTREMÉCEME

*Alístate para un vistazo al próximo Chicos malos y billonarios...
en Estreméceme*

Kit

Todos los hombres tenemos a una chica que se nos fue. Una que estremeció nuestro mundo y luego arruinó nuestras vidas. Sí, yo tuve una. Crystal Kerry. Mierda. Solo pensar en su nombre es como enterrar una estaca en mi corazón. Hace que me duelan las bolas. Ella era perfecta. Mi maldita novia de la secundaria. Sí, novia.

Me había olvidado lo asquerosamente concurrida que era Nueva York y tuve que pasar en medio de todos los transeúntes de la acera. Mierda, era una locura. Pero yo era una cara más en la multitud. Yo no era Kit Buchanan, el cantante principal de Nightbird. Yo solo era un tipo perdido en un mar de humanidad. Gracias. Mis pensamientos estaban en Crystal y yo no necesitaba a una seguidora que quisiera una foto o un autógrafo entre sus tetas. Yo quería revolcarme con la que se había ido. No, con la que yo había empujado y aplastado como un tanque pasando por encima de un gatito dulce e inocente.

Crystal era la indicada. Ella era dulce y gentil, siempre tuvo una sonrisa para mí desde el primer día del décimo grado. Ella había sido transferida a Whitfield como una estudiante con beca. Nuestros compañeros de clase sabían que ella era del otro lado de la calle. Pobre. Ellos olfateaban su pobreza, a pesar de que lucía igual que todos en su uniforme de la escuela verde y azul marino.

Fue difícil para ella ser nueva. Ser hermosa. Todas las chicas que habían estado coqueteando y follándose a todos los tipos ahora tenían competencia. No es que Crystal hubiera hecho algo. Solo ser linda era suficiente. Los chicos llamaban a Crystal "carne fresca". Con su cabello rubio y sus ojos azules, ella lucía igual que todos. Pero a diferencia de sus compañeros de clase, no sabía el efecto que tenía en otros. No tenía idea de que ella era "caliente". No solo un poco caliente, del tipo que todos los adolescentes querían follarse, sino del tipo de sueños calientes noches tras noche. O del tipo de masturbarse en la ducha pensando en sus tetas alegres o en sus largas piernas.

Estaba bien que yo me excitara, pero no alguien más. Especialmente no los imbéciles del equipo de Lacrosse que tenían la misión de ver quién se la follaba primero. Ellos querían esa virginidad con beca y apostaron a eso.

Yo terminé rápido con esa mierda. Mis puños me dieron tres días de suspensión, pero lo hubiera hecho de nuevo sin pensarlo. Nadie iba a tocar a Crystal. Nadie más que... yo. Ella era mía. Lo supe desde la primera maldita vez que la vi.

Mis padres me jodían por haberme peleado. Me jodían por la suspensión. Me jodían por las horas que pasaba practicando la guitarra y escribiendo música. Creo que les di su merecido al no ser el hijo pródigo, el futuro CEO de la maldita Buchanan Manufacturing, por no ser el típico Buchanan. Maldición, yo nací con una cuchara de plata en la boca, pero la escupí y preferí agarrar una guitarra. Yo era la maldita oveja negra de la familia. Seguía siéndolo. Y vivir en esa casa después de que mis hermanos se graduaron de Whitfield y fueron a universidades de la Ivy League aumentó la presión sobre mí.

Cómo sea. Yo abandoné esas oportunidades cuando tenía diez y quería tomar lecciones de guitarra en vez de tocar Beethoven en el piano. Yo sabía que nunca sería igual. No valía la pena el esfuerzo.

Y Crystal, ella quería tener éxito en Whitfield. Diablos, era su oportunidad de salir de ese hoyo de mierda que tenía por casa. Ella tenía una madre inútil y un padre que bebía demasiado y no tenía trabajo, ella sabía que este era su escape. Y lo aprovechó. Obtenía A en todas sus clases, era increíble. Logró hacer todo esto conmigo persiguiéndola como un idiota enamorado. Pero yo la amaba, la protegía. Ella era mi vida y yo era mucho más que solo su novio. Era su mejor amigo. Ella me contó todo. Me dio todo.

Sí, ella me miró una vez y se derritió. De alguna forma, por un maldito milagro, se enamoró de mis aspectos ásperos, del hecho de que no encajaba, de que no me importaba nada. Sabía que yo era su protector, que haría lo que sea por ella. Puede que para ambos haya sido nuestra primera vez, pero yo no tomé esa virginidad con beca. No. Ella me la dio una noche en la parte de atrás de mi camioneta. Estábamos enamorados. Incluso, dijimos esas palabras. Yo derramé mi carga cuando ella se sentó en mi regazo, desnuda y mojada y era demasiado para que mi cuerpo de diecisiete años lo resistiera. Crystal y Kit. Éramos inseparables. Yo sabía que no la merecía. Era un tipo consentido. Nunca había trabajado tan duro como ella tenía que hacerlo. Ella era inteligente, muy inteligente y yo hice lo que pude para mantenerla a salvo de las perras celosas y lejos de los idiotas que notaron las mismas cosas que yo. No solo era inteligente, era hermosa, llena de curvas y con una sonrisa matadora.

Yo era el peor de todos. Tenía una sonrisa rápida, un beso ardiente y haría todo lo que me dijera, incluso, estudiar. Así que quizás ella me folló para que me graduara. Ella subió mis notas para que pudiera obtener un diploma y pudiera escuchar su dulce discurso *valedictorian*. Ella me había empujado hasta que ambos estuviéramos en nuestros caminos. Una noche de viernes ella apareció con noticias de que había obtenido una beca en Stanford, y que la iba a abandonar por mí.

Fue en ese momento que lo supe. Yo no era bueno para ella. Era el fin del camino. Yo no iba a ir a la universidad. Diablos, mis padres me estaban amenazando con desheredarme si seguía con mi plan de hacer una carrera en la música. Y yo no me refería a la maldita sinfónica.

No, Crystal iba a llegar lejos. Pero no conmigo. Así que la dejé ir de la única forma que sabía. Me hice cargo de que corrieran noticias de que me había follado a Lindsay Mack, que, aunque había tomado la virginidad de Crystal, yo no le había dado mi corazón.

Yo no había tocado a Lindsay, pero Crystal no sabía eso.

Mi celular sonó trayéndome de vuelta del pasado. Lo saqué de mi bolsillo mientras esquivaba a una mujer que empujaba un cochecito.

"¿Qué?", grité al teléfono.

"La revisión de sonido está pactada para las cuatro". Tia Monroe era una buena mánager de banda, pero a veces podía ser un dolor en el trasero.

"Está bien. Estaré ahí. Quizás llegue unos minutos tarde". No tenía idea cuánto tiempo necesitaría si iba a ver a Crystal de nuevo.

"¿Tarde? ¿Por qué?".

"Tengo algo que hacer." *Alguien por ver.*

Escuché a Tia decir algo más, pero le corté. Terminé la llamada. Pensé en Crystal. Tia y la banda podían esperar. Yo había dedicado los últimos diez años de mi vida a buses de giras y a estudios de grabación; ellos podían esperar unos malditos treinta minutos para que yo pudiera ver de nuevo a Crystal. Saber que ambos estábamos en la misma ciudad trajo todo de nuevo.

Mierda, después de diez años me dolía recordar su expresión cuando le dije lo que había hecho. Lo que *supuestamente* había hecho. Lindsay Mack se pasaba toda la clase durmiendo y no le importaba que yo dijera mentiras. Demonios, ella odiaba a Crystal y estaba más que feliz de herirla de la única forma que sabía.

Con lágrimas cayendo por sus pálidas mejillas, Crystal se volteó y comenzó a correr. Corrió lejos de mi vida para siempre. Hacia Stanford. A la universidad. Me odiaba, probablemente aún lo hacía, pero yo podía aguantarlo. Era demasiado buena para mí, siempre lo había sido. Podía odiarme y vivir sus sueños.

Ella hizo exactamente lo que fue a hacer: tener éxito.

Diablos, ella lo hizo. Por eso me detuve en frente de una tienda de libros de tres plantas en la Quinta Avenida. Estaba aquí para una firma de libros. Yo no supe nada de ella cuando se fue a California, pero, hacía seis meses, encendí la televisión y la vi sentada junto al presentador de programa nocturno más famoso de la ciudad. La novela que escribió un par de años atrás había entrado en la lista del New York Times. La historia fue vendida con un contrato multimillonario y el imbécil más apuesto de Hollywood estaba sentado a su lado, para interpretar al héroe del *thriller* de acción que ella había soñado en su cabeza. El maldito le tocó el hombro y le coqueteó. Ella le sonrió de vuelta, pero con una sonrisa que yo conocía. Frágil. Estresada. Tan hermosa que mi pene se levantó mientras la observaba. Esos ojos azules, esos labios rosados. Ella pestañeaba y se reía, hacía todos los movimientos correctos para la audiencia, pero yo conocía a Crystal. A mi chica no le gustaba ser el centro de atención.

Y ella seguía siendo mía. Cada pulgada de su cuerpo, cómo le gustaba ser tocada, besada, follada. Era famosa, rica. Ya no estaba del lado equivocado de la pista. Demonios, ella hizo sus propias pistas.

Yo estaba muy orgulloso de ella. ¿Cuáles eran las probabilidades de estar de *tour* en la ciudad al mismo tiempo? Cuando vi su cara en un anuncio gigante, yo supe que tenía que ir. Tenía que verla, ver una expresión en su cara diferente a aquella del corazón roto, que yo le había causado. Esos ojos tristes, las lágrimas me persiguieron por una década. No podía dejar que abandonara Stanford por mí, pero eso no significaba que haberla visto irse no me hubiera roto el corazón.

La tienda era enorme. Tres plantas. Estaba llena de

admiradores que querían un libro firmado por Crystal. Querían escucharla hablar sobre los personajes, sobre cómo se le ocurrió una trama tan increíble. Estas personas pueden haber leído su trabajo, amarlo, pero yo era su mayor admirador. Suyo. No de su historia. Diablos, ellos no se alejaron de ella para salvarla.

El piso principal estaba atestado para poder acercarme a ella. Diablos, apenas pude pasar por la puerta. La línea era enorme y se desviaba y curvaba. Al ver una escalera que iba al segundo piso, tuve en mente el balcón donde podría obtener un vistazo de ella desde arriba. Supe por las fotos de la prensa que ella seguía usando sus lentes. Todavía tenía el cabello rubio y los hermosos ojos azules. Ella creció, pasó de ser una chica a una mujer. Usaba maquillaje. Tacones y ropa lujosa. No usaba uniforme de escuela o labial de cereza.

Acomodándome, me incliné en la barandilla para mirar abajo. Ahí estaba ella. Diablos, mi corazón se detuvo al volverla a ver. La primera vez en diez años. Las imágenes no le hacían justicia. Mientras las imágenes mostraban solo a la mujer confiada que escribió ese gran libro, estas escondían su personalidad. La introvertida que sonreía porque tenía que hacerlo. La personalidad tranquila que prefería una noche con una película a una rodeada de admiradores.

Yo vi la tensión en sus hombros, incluso, mientras sonreía y conversaba con sus seguidores, firmando autógrafo tras autógrafo. El cabello liso, el lindo vestido azul, los tacones de lujo. Todo era una cubierta. Dios, quería desnudarla para revelar a la verdadera Crystal. Para encontrarla de nuevo, para hacerla mía de nuevo.

Y cuando ella volteó para hablar con la mujer alegre de

cabello y vestido rojo que estaba parada junto a la mesa, a su lado, ella de alguna forma levantó la mirada. Me vio. *Como si supiera que yo estaba ahí.*

Sus ojos se abrieron. Su sonrisa desapareció. El bolígrafo cayó de sus dedos. Esos malditos ojos azules encontraron a los míos y yo lo supe. Como un maldito puño en el estómago, yo supe que ella sería mía de nuevo. Yo me alejé una vez. Hacía diez años, no tenía nada que ofrecerle. La dejé ir.

No podía hacerlo de nuevo.

OTRAS OBRAS DE JESSA JAMES

Chicos malos y billonarios

La secretaria virgen

Estreméceme

Leñador

Papito

El pacto de las vírgenes

El maestro y la virgen

La niñera virgen

Su virgen traviesa

Libros Adicionales

Suplícame

BOOKS IN ENGLISH BY JESSA JAMES

Bad Boy Billionaires
Lip Service
Rock Me
Lumberjacked
Baby Daddy

The Virgin Pact
The Teacher and the Virgin
His Virgin Nanny
His Dirty Virgin

Club V
Unravel
Undone
Uncover

Cowboy Romance
How to Love a Cowboy
How to Hold a Cowboy

Additional Titles
Beg Me
Valentine Ever After

HOJA INFORMATIVA

FORMA PARTE DE MI LISTA DE ENVÍO PARA SER DE LOS PRIMEROS EN SABER SOBRE NUEVAS ENTREGAS, LIBROS GRATUITOS, PRECIOS ESPECIALES, Y OTROS REGALOS DE NUESTROS AUTORES.

http://ksapublishers.com/s/c4

ACERCA DEL AUTOR

Jessa James creció en la Costa Este, pero siempre sufrió de un caso severo de pasión por viajar. Ella ha vivido en seis estados, ha tenido una variedad de trabajos y siempre regresa a su primer amor verdadero, escribir. Jessa trabaja a tiempo completo como escritora, come mucho chocolate negro, tiene una adicción al café helado y a los Cheetos y nunca tiene suficiente de los machos alfa sexys que saben exactamente lo que quieren y no tienen miedo de decirlo. Las lecturas de machos alfa dominantes y de amor instantáneo son sus favoritas para leer (y para escribir).

Inscríbete AQUÍ al boletín de noticias de Jessa
http://bit.ly/JessaJames

www.ingramcontent.com/pod-product-compliance
Lightning Source LLC
LaVergne TN
LVHW011838060526
838200LV00054B/4093